La femme nue

Elena Stancanelli

La femme nue

roman

Traduit de l'italien
par Dominique Vittoz

Stock
la cosmopolite

TITRE ORIGINAL :
La femmina nuda

Couverture Louise Cand
Photographie de couverture : © plainpicture/
neuebildanstalt/Sven Schwalm

ISBN 978-2-234-08255-7

© 2016, Elena Stancanelli.
Publié à l'origine en Italie aux éditions La nave di Teseo.
© 2017, Éditions Stock pour la traduction française.

Moi, le sexe suffit à m'enchanter.

Philip Roth, *La Bête qui meurt.*

L'activité sexuelle se trouve au principe d'effets thérapeutiques aussi bien que de conséquences pathologiques. Son ambivalence fait qu'elle est dans certains cas susceptible de guérir, dans d'autres au contraire elle est de nature à induire des maladies ; mais il n'est pas toujours facile de déterminer lequel des deux effets elle pourra avoir : affaire de tempérament individuel, affaire aussi de circonstances particulières et d'état transitoire du corps.

Michel Foucault,
Le Souci de soi. Histoire de la sexualité 3.

La preuve que Davide couchait avec Chien m'a été administrée dans des circonstances incroyables et ridicules de légende urbaine. Tu sais, ces histoires de vieille femme qui te prend en stop, mais le lendemain matin tu apprends qu'elle est morte depuis vingt ans, ou bien de chiot africain qui en grandissant se transforme en monstre carnassier.

J'étais chez moi, j'attendais des gens pour un rendez-vous professionnel. Il devait être quinze ou seize heures. Davide m'a appelée, on a échangé quelques phrases, je ne me souviens pas à quel sujet, rien d'important. Le coup de fil de routine, vite fait, juste pour dire qu'on a appelé.

On vivait ensemble depuis cinq ans et on était entrés dans la phase où il devient impératif de limiter les accrochages. Il était agressif, moi assommante, il suffisait d'un mot, d'une remarque pour que ça éclate. Je me mettais en boule pour trois fois rien, tandis qu'il réagissait en montant d'un ton et en claquant les portes, les portières, les bouteilles sur la table. M'appeler faisait partie de sa stratégie, être gentil mais vigilant, tenir l'ennemi à l'œil. Interpréter mes pauses, le ton de ma voix. Il téléphonait toujours avant de rentrer le soir et, s'il détectait de mauvaises ondes, m'annonçait que, hélas, il finirait tard, je n'avais qu'à aller au lit sans l'attendre. Il raccrochait dans la foulée pour couper court à toute demande d'explication.

Cette fois aussi, on a écourté la conversation, sauf qu'il n'a pas raccroché. Il devait être distrait. Difficile d'interpréter certains gestes, surtout dans un contexte où tout peut basculer. C'est comme donner un coup de coude dans le visage de la personne à qui on tente de s'agripper.

Je veux que tu saches, Valentina, que sans toi je ne m'en serais jamais sortie. Je parle sérieusement. Si on devait te poser la question un jour, dans un de ces jeux de société que les écrivains juifs adorent, tu pourras dire que tu as sauvé une vie. La mienne. En t'asseyant en face de moi, soir après soir, pendant une année entière. Mon année au Royaume du Grand n'importe quoi. En me parlant, alors que tu savais que je ne t'écoutais pas. En me gardant près de toi, dans les pires états. Et je mesure à quel point c'était difficile. Rapporté à ce qui m'arrivait, mon désespoir était hors norme, incompréhensible. Or tu l'as supporté malgré tout sans faire de commentaire et je t'en suis d'autant plus reconnaissante. Tu as agi ainsi parce que tu m'aimes. Et parce que ça crevait les yeux que je filais un très mauvais coton. Je ne cachais ni mon découragement, ni mon incapacité à me ressaisir, ni mes montées d'angoisse, aussi impérieuses que des montées de lait. Ceci étant, je ne montrais et ne te racontais qu'une partie de la vérité. Et même si elle était grotesque, ce n'était pas la pire. La vraie honte, les trucs glauques et totalement barrés dans lesquels je me suis embarquée, je les ai cachés. J'espérais que tu les devinerais, mais objectivement c'était impossible. Me connaissant, tu n'aurais jamais pu imaginer.

J'ai donc décidé de te les raconter maintenant. Je veux te dire ce qui s'est vraiment passé pendant cette année qui a commencé le jour où Davide a oublié de raccrocher. Non parce que j'imagine te faire plaisir, on n'offre pas ses sacs-poubelle aux gens qu'on aime. Ni parce que je voudrais à tout prix être honnête avec toi. Je crois que pour toi, comme pour moi, ça ne change rien. Le problème, nous le savons, n'est jamais la vérité, mais le bien.

Je ne te raconte pas non plus cette histoire pour te montrer ce que j'ai appris, parce qu'elle ne m'a rien enseigné. Je n'en ai tiré aucun précepte salutaire, je ne suis pas devenue plus forte, et meilleure encore moins. Je ne suis même pas sûre que la leçon ait porté et qu'une récidive soit à exclure. Au contraire. Maintenant je sais que rien ne nous préserve de l'imbécillité, et surtout pas ce que nous présumons être notre bagage. Ni l'intelligence, ni l'expérience, ni les livres. Rien. Et cette conscience ne me fortifie pas, elle amplifie au contraire ma tristesse et ma fragilité. Comme ces vieillards qui marchent avec circonspection, parce qu'ils savent que leurs os peuvent casser au moindre faux pas.

Désormais je suis endommagée.

Les gens à qui il arrive un sale coup, un accident, une maladie, ou un truc stupide mais incroyablement douloureux, comme dans mon cas, restent endommagés. Pour toujours. Je suis comme un appareil qu'on a fait tomber. On le répare, il marche à nouveau, mais le traumatisme de la chute est inscrit. On ignore quand, on n'est même pas sûr que ce sera le cas, mais la panne pourrait revenir. Et ce serait toujours une conséquence de cette chute ancienne.

Comme je te le disais, Davide m'a appelée, et n'a pas raccroché à la fin de notre conversation.

Et moi, pourquoi n'ai-je pas raccroché ?

C'est ce que j'aurais fait à n'importe quel autre moment de ma vie. Tu me connais, j'ai toujours été le genre de personne qui dans ces circonstances raccroche. Ça ne m'a jamais titillée de débusquer la vérité cachée sous les apparences. Je crois aux apparences. Je me suis toujours contentée de ce que je voyais et de ce qu'on me disait. J'étais exempte de la passion pour les complots, les faces cachées. Tu sais, ces gens qui lisent les comptes rendus des grands procès et affirment que le type est innocent. Moi je pense toujours que le type est coupable, simplement parce qu'il est accusé. Si tout est inconnaissable, en savoir très long n'avance de toute façon pas à grand-chose, tu ne crois pas ?

C'était l'idée que j'avais de moi, et je me trompais. Au lieu de raccrocher, j'ai écouté, à l'affût comme un rat. J'ai épié ce que Davide disait quand il ignorait qu'on l'écoutait.

J'ai posé le téléphone sur la table, haut-parleur branché. J'entendais les bruits de la rue, des voix inconnues. J'entendais les propos de Davide, d'abord au bar, puis au garage. Je tremblais. À chaque minute de ce supplice, à chaque seconde, je savais que je faisais le mauvais choix. Mais j'étais tout excitée. Pas seulement parce que je transgressais un interdit. J'étais excitée comme quand on s'attend à être puni.

« Tu vois cette nana ? Depuis qu'elle s'est coupé les cheveux, je la saute quand elle veut », a-t-il déclaré à un interlocuteur dont je n'ai pas reconnu la voix. Et il a enchaîné : « De toute façon quand j'ai envie de baiser, je n'ai qu'à demander à une telle, une telle, une telle... »

Une liste de femmes. Qui ne m'incluait pas, alors que j'étais encore sa compagne officielle. Je les connaissais toutes : une cocaïnomane plus âgée que moi et attardée mentale ; une fille courte sur pattes affligée d'une grosse tête qui le draguait tout en me demandant avec un sourire crispé comment je faisais pour rester avec quelqu'un comme Davide ; une instit de maternelle qui portait des baskets même avec une jupe et détournait le regard chaque fois qu'elle me croisait.

Et Chien.

Qu'il appelait bien sûr par son vrai nom. La seule que je n'avais jamais vue. Je connaissais son existence parce que Davide avait prononcé son nom assez souvent pour éveiller des soupçons chez la personne la plus naïve. C'était une de ses clientes au garage.

Un jour, Davide m'a parlé de cette femme et de son petit chien qui s'appelait Chien.

« De quelle race ?

— Bâtard. »

Il ne me l'a pas raconté parce que ça l'amusait, mais parce qu'il avait besoin de prononcer son nom. Ce qui est notre cas à tous quand quelqu'un nous plaît. Après ce jour-là, il la mentionnait à tort et à travers. Il disait : regarde, la même voiture qu'elle, ou : tu sais que la salade est plus difficile à digérer qu'un steak, c'est elle qui me l'a dit. Et quand je suis allée à Londres, il a déclaré : ah oui, son père a un appart là-bas.

« Regarde, c'est ce genre.

– Quoi ?

– Chien. Son chien. Il est comme celui-là. »

Il me montrait un cabot, un croisé jack russell et caniche.

« Joliment moche », ai-je déclaré. Mais Davide n'a pas souri.

Après avoir entendu l'énumération de ses maîtresses, non suivie grâce au ciel du détail de leurs prestations et spécialités, j'ai enfin raccroché. J'ai attendu deux minutes, puis je l'ai appelé. Tu avais oublié de raccrocher. Comment ça ? J'ai tout entendu. Il n'a pas répondu. Tu n'as rien à dire ? Non. Et il a raccroché.

C'est alors qu'on a sonné, c'étaient les gens que j'attendais, mon rendez-vous de boulot. J'ai passé l'après-midi à les prier de m'excuser pour aller pleurer dans la salle de bains, en emportant mon téléphone au cas où il rappellerait. Je laissais passer quelques minutes, nettoyais mon rimmel qui avait coulé, me remaquillais et retournais avec eux. Jusqu'au moment où je leur ai proposé de reporter notre rendez-vous parce que je ne me sentais pas bien. Ils m'ont semblé soulagés.

« Heureux les oublieux, car ils oublient leurs propres sottises. » C'est une citation de Nietzsche et aussi une réplique de Kirsten Dunst dans *Eternal Sunshine of the Spotless Mind* de Michel Gondry. Un de mes films préférés comme tu le sais. Je l'ai vu je ne sais combien de fois. Et revu il y a quelques jours, avant de commencer à te raconter ce qui m'est arrivé. J'y trouve beaucoup d'échos avec mon histoire. Ou peut-être simplement avec n'importe quelle histoire d'amour.

Clementine (Kate Winslet) et Joel (Jim Carrey) ont trente ans et plusieurs échecs derrière eux. Ils se rencontrent dans le train, un jour où Joel a décidé au dernier moment de partir pour une autre destination, sans raison apparente. On comprend pourquoi plus loin dans le film, quand on a la clé de sa mystérieuse intuition. Clementine parle beaucoup, Joel dessine sur un cahier et semble contrarié, en réalité c'est un effet de sa timidité et d'un peu de mélancolie. Ils tombent amoureux, s'aiment avec allégresse, puis se quittent. Ils sont désespérés, l'un comme l'autre. Quelque temps après, Joel entre dans la librairie où travaille Clementine. Elle est à la caisse, il lui dit bonjour, mais elle ne le reconnaît pas. Puis arrive un garçon qui l'embrasse sans qu'elle manifeste le moindre embarras. Bouleversé, Joel repart sans comprendre. Il se confie à ses amis, qui finissent par lui montrer une carte de visite : « Clementine Kruczynski a fait effacer Joel Barish de sa mémoire. Prière de ne plus mentionner leur relation devant elle. Merci. Lacuna Inc. »

Joel prend rendez-vous dans la même clinique, la Lacuna Inc. Il apporte des objets ayant appartenu à Clementine et, après un entretien avec le médecin, décide de se soumettre au traitement le lendemain soir. Il s'endormira la tête bardée d'électrodes et l'équipe mettra à profit son sommeil pour effacer toute trace de Clementine dans son cerveau. Mais les techniciens se laissent distraire et Joel se réveille. Il prend alors la mesure de ce qui est en train de se passer et change d'avis. Il essaie à tout prix de retenir Clementine et son souvenir, avant qu'ils ne s'évaporent complètement. Il la cache dans sa mémoire d'enfant, en espérant que les techniciens ne l'y dénicheront pas, il crie et supplie qu'elle ne s'évanouisse pas avec l'image de la maison au bord de la mer où ils se sont connus. Ils s'enfuient et se retrouvent dans leur lit, mais la plage est un tourbillon d'objets, de vent, de pluie…

Bien avant cette scène, Joel et Clementine se promènent. C'est une nuit de grand froid, mais ils s'allongent sur une plaque de glace. Elle a les cheveux bleus et le visage tourné vers lui. Il porte un bonnet et contemple le ciel. La glace à leurs pieds est traversée d'une grande crevasse en forme d'étoile. Ils se sont connus, ou peut-être reconnus, peu avant et ont décidé de faire ensemble un truc bête. Quelque chose que personne ne ferait jamais tout seul et difficilement avec un ami. Rien d'héroïque, de fou ou d'excitant qu'on raconte après. Un truc bête qu'on a toujours voulu faire sans jamais trouver la bonne personne à qui le proposer. C'est là une parfaite image de l'amour.

On traversait une sale période, je l'ai déjà dit. On ne se plaisait plus. Les gens changent, en pire la plupart du temps. On se lasse l'un de l'autre et la magie n'est plus au rendez-vous. Quand on cesse de s'aimer, on ressemble aux joueurs qui ont épuisé les arrêts de jeu, les penalties, les remplacements. On est là face à face, sans nulle part où se cacher. On se regarde dans les yeux, avec de la gêne et un peu de dégoût. Certains réussissent à franchir cette étape. Alors, au-delà du dégoût, on accède sans doute à un paradis du couple. Des gens pour qui tout est facile, qui se disent la vérité sans qu'elle soit blessante, qui prennent de la distance puis reviennent sans avoir besoin de s'expliquer.

Davide et moi, on n'a pas su. Plus un couple est fondé sur la magie réciproque – et non sur une complicité, une intelligence, des choix partagés –, plus ce seuil est difficile à franchir. Or nous, au début, on était inexplicablement amoureux.

Davide a ses secrets, mais il est incapable de mentir. De toute façon, je n'ai jamais été obnubilée par la fidélité. Je n'ai donc pas écouté par jalousie.

À cette époque, Davide me provoquait. Il poussait le bouchon de plus en plus loin pour voir jusqu'où je supporterais. Quand j'ai compris sa tactique, dans l'espoir qu'il arrête, j'ai mis en scène une jalousie de complaisance. Je n'avais jamais joué ce jeu avec personne, alors ça ne coulait pas de source. Je lui demandais par exemple pourquoi il recevait des textos la nuit ou pourquoi il s'éloignait pour répondre au téléphone, j'exigeais des explications sur la gêne qui s'installait quand on rencontrait une de ses amies. Il répliquait que j'étais folle, que j'affabulais.

On est tous pareils et je n'y ai pas échappé. Personne n'admet jamais rien, tant qu'il n'est pas pris la main dans le sac. Mais Davide ne s'arrêtait pas là, il faisait pire : il m'agressait. Se sentant traqué, il devenait violent.

J'ai cru que si je le surprenais en flagrant délit il capitulerait, et que nous en finirions avec cette escalade de mensonges et d'agressions.

Je sais, Vale, c'est trop nul. Disons que je ne suis pas sûre de l'avoir vraiment pensé, c'était peut-être une excuse. Je voulais le démasquer, mais aussi fourrer mon nez dans ses petites affaires. La mesquinerie, c'est irrésistible. On s'efforce de rester décent, mais dès qu'on se laisse aller, nos pires penchants ressortent et on se comporte de manière ignoble.

En parler avec toi aurait été le véritable antidote. Si je l'avais admis devant toi, si dès le début je t'avais avoué ce qui se passait, tu m'en aurais empêchée. Je me le serais interdit moi-même pour ne pas avoir à prononcer certains mots. Si seulement je t'avais dit : je l'espionne, j'aurais peut-être arrêté.

Mais voilà, je ne l'ai pas fait.

Ne crois pas que je me sente victime pour autant, Vale. Je ne suis même pas sûre d'avoir raison.

Je souffrais de la honte. Une honte dont je suis responsable. Quoi qu'il arrive dans ma vie désormais, je serai toujours celle qui s'est comportée de cette façon. Eu égard aux circonstances, d'accord. N'empêche.

Voilà pourquoi je te raconte cette histoire. Une histoire qu'en temps normal je m'interdirais de raconter. Parce qu'elle est ignoble et que la noblesse passe avant tout. Mais dans nos existences, je veux dire celles qui nous sont données maintenant et dans cette partie du monde, où serait la noblesse ? Je ne cherche pas à me justifier, mais ce qui m'est arrivé, cette façon dont l'obsession a progressivement pris le pas sur la vie, n'est-ce pas un trait commun à nos biographies ?

J'ai l'impression qu'un truc cloche dans notre vision de la condition humaine. Comme un plan incliné où toute l'intelligence s'accumulerait d'un seul côté. J'ai toujours été de ce côté-là, le bon côté, celui de la raison et de l'intelligence. Puis le dispositif a basculé et j'ai glissé de l'autre côté. Le côté obscur, stupide, inutile. Où l'on ne comprend plus rien, où l'on n'est plus qu'un petit être désemparé et tremblant.

Si ce côté existe et si n'importe qui peut y céder aussi facilement, on ne devrait pas le juger avec une telle sévérité. Mais c'est peut-être parce qu'il en faut si peu pour chavirer que nous le méprisons tant. La punition pour notre arrogance est toute proche, à l'image du clochard sur le trottoir qui nous regarde passer tous les matins.

La vie comporte une dose de souffrance énorme. Le monde est injuste et l'inacceptable monnaie courante sous ses formes bien connues : faim, guerre, racisme, mort, maladie. Ce sont tous des facteurs extérieurs, qui font de nous des victimes.

Mais l'être humain est en plus misérable. Et stupide, et lâche, et ignoble. Aux prises avec une souffrance insensée dont il est le seul responsable. Cette souffrance existe. C'est même la plus répandue et la plus difficile à supporter parce qu'elle ne réussit qu'à nous polluer.

Certains, moi la première, cultivent le mythe de l'héroïsme, de la loyauté, de l'aplomb. Ils voudraient une existence dont ils seraient fiers, des souffrances adaptées à leur stature morale. Cela peut arriver, mais c'est rare. Ce n'est pas mon cas, le destin qui m'est échu est boiteux, un tantinet ridicule. Mais c'est le mien, et je n'en ai peut-être pas l'exclusivité.

Voilà pourquoi je te raconte cette histoire. Parce que ce genre d'histoires aussi arrive.

Après ce coup de fil, Davide n'est pas rentré pendant plusieurs jours. Je ne me souviens pas si c'est moi qui lui ai demandé de ne pas revenir ou si la décision est venue de lui sans qu'on en ait discuté. Peu importe. Je me moque de savoir où sont les torts, qui en a le plus, qui a provoqué le naufrage.

Mais Davide, si. Il voulait être acquitté. Il ne lâcherait pas d'un pouce tant que je ne reconnaîtrais pas son innocence. L'évidence de sa culpabilité ne changeait rien à sa stratégie de défense. Il n'en appelait pas à des circonstances atténuantes, n'alléguait pas que notre histoire battait de l'aile et que par conséquent il avait regardé ailleurs. Il ne me reprochait même pas d'être assommante : il prétendait juste n'avoir rien fait. Au mépris de l'évidence, il niait qu'il couchait avec toutes les nanas qui franchissaient la porte de son garage.

Tu me connais, je me passionne si peu pour la découverte du coupable que les polars m'endorment. Je suis partie en quête de preuves pour une autre raison : j'espérais qu'elles rompraient ce cercle vicieux de faux-semblants et de violence. Mais c'était un poil plus compliqué.

Je ne les cherchais pas pour lui, ni pour nous : je les cherchais pour moi. C'était une attitude sadomasochiste qui ne concernait que moi. Au bout d'un certain temps j'ai même cessé de les communiquer à Davide. Je les gardais pour moi, c'était mon passe-temps, ma perversion.

Je pense qu'il ne se doutait de rien. Avant tout parce que, comme toi, il n'avait pas la moindre idée de ce que je manigançais. Et même quand il découvrait quelque chose, il ne pouvait pas imaginer qu'il ne s'agissait que de la partie émergée d'un iceberg de mesquinerie. Personne ne l'aurait pu, lui moins que quiconque.

Davide ne m'a jamais vraiment comprise, et réciproquement, en vertu de quoi les cinq années de notre histoire ont été certes chaotiques, mais amusantes. Comme je te le disais, nous n'étions pas de ces couples éclairés qui se parlent et trouvent des solutions. Même dans les périodes où ça marchait bien entre nous. Nous ne partagions aucun centre d'intérêt. Si peu de choses nous réunissaient que je ne saurais même pas dire lesquelles. Si nous avions répondu à un questionnaire sur les affinités dans le couple, nous serions arrivés bons derniers.

On vivait une histoire d'amour, point barre, sans grands discours, sans projets. Davide était la personne avec qui faire des trucs bêtes. S'il me l'avait demandé, je me serais allongée sur la glace près de lui pour regarder les étoiles, comme Clementine. Pas tant parce que j'avais confiance en lui – une confiance qui, avant que ça tourne à l'enfer, était totale –, mais parce que je pensais qu'avec lui le jeu serait amusant. Pire, qu'il ne serait amusant qu'avec lui. Parmi toutes les raisons de mon désespoir à cette époque, c'était peut-être la seule sensée : il n'y aura plus jamais personne avec qui je m'allongerai sur la glace pour regarder les étoiles.

Les gens me demandaient souvent ce qui m'attachait tant à Davide. Surtout pendant mon année au Royaume du Grand n'importe quoi, après le fameux coup de fil. Les gens – pas toi, jamais toi – me demandaient ce que notre histoire avait de si spécial pour que je ne supporte pas la séparation.

La réponse est rien. Il n'y avait rien de spécial. Aucune histoire n'est spéciale. L'amour n'est jamais spécial.

Au bout d'un certain temps, Davide est revenu. De son propre chef ou parce que je le lui avais demandé, là encore je ne saurais trancher. Mon seul souvenir, ce sont des valises de vêtements qui passaient dans un sens, puis repassaient dans l'autre.

Tout le monde se serait attendu à ce qu'il file doux pour me faire oublier l'incident. Qu'il ne voie plus les femmes énumérées dans son coup de fil, qu'il soit aux petits soins, qu'il s'ingénie à me reconquérir. Pas du tout. Davide était rentré au bercail dans l'intention contraire : remporter la partie.

Il a fouillé mon téléphone, mon ordinateur. Et manifestement trouvé quelque chose. On trouve toujours quand on fouille. Avec une bonne dose d'obstination et d'obsession, on relie, on rapproche, on recoupe. Des traces d'infidélités traînaient, d'autres, innocentes, furent mal interprétées.

Mes infidélités n'ont rien à voir avec les tiennes, essayais-je de lui expliquer. Certes l'argument, faut-il le préciser, est difficile à défendre. Pourtant il est fondé.

Pour commencer, Davide cédait à la compulsion. Depuis qu'il avait décidé que la fidélité n'était plus de mise, il baisait toutes les nanas à portée de main. Ensuite, et c'est le point crucial, il était incapable de se cacher. Moi, si. Je séparais les deux univers. Il suffit de faire preuve de bon sens, de s'abstenir d'utiliser son téléphone quand on est avec son conjoint, d'expliquer clairement à la tierce personne où sont les limites, de ne pas perdre le nord. Je contenais mes infidélités dans un compartiment étanche, sans communication avec notre vie à Davide et moi. S'il n'avait pas fourré son nez dans mes affaires, il ne se serait aperçu de rien. C'est ça, un couple. Un lieu où deux personnes s'efforcent de ne jamais mettre l'autre en difficulté. Cultiver l'art et la manière de dissimuler les preuves d'infidélité ou de tout ce qui pourrait blesser l'autre est la seule façon de préserver une relation. Avec la fidélité, bien sûr, talent toutefois peu répandu.

La loyauté est nécessaire dans un couple, mais la sincérité inutile et dangereuse. Voilà, j'étais loyale, pas lui. Et sa dernière trouvaille, qui consistait à revenir sous notre toit pour me prendre en défaut, était la plus déloyale du monde. J'étais furieuse, mais il s'en moquait. Il voulait que j'assume ma part de faute, de façon à remettre les compteurs à zéro : si j'étais coupable, si tout le monde était coupable, alors tout le monde était innocent.

Mais à quoi lui servait cette innocence ?

Il était tombé amoureux de cette bonne femme, Chien. C'est pour ça qu'il m'avait prise en grippe.

Pour être sûre que son acharnement venait de son amour pour Chien, j'ai lu tous les messages de son téléphone. Je me relevais la nuit quand il dormait, m'enfermais dans les toilettes avec son portable. Parfois il oubliait de les effacer, il arrivait souvent qu'il en efface un certain nombre, mais une partie de leur conversation subsistait toujours, et il me fallait la reconstituer.

C'est ainsi que j'ai trouvé ce message : je t'aime. Suivi d'un autre : je t'aime comme un fou.

Tandis que Davide faisait ses valises pour la énième fois, je l'ai questionné. Tu lui as écrit je t'aime. Je t'aime comme un fou. Tu te rends compte ? Pourquoi tu continues de prétendre que tu es innocent, et pourquoi tu voudrais rester avec moi si tu en aimes une autre ?

Les je t'aime, c'est de la foutaise, a-t-il répondu. Comment ça, de la foutaise ? C'est une façon de parler, c'est tout.

À ce stade, je connaissais la vérité, aucun doute n'était plus possible : Davide couchait avec toutes les nanas avec qui j'avais imaginé qu'il couchait et, par-dessus le marché, il était amoureux de

Chien. Fin de l'enquête. Sans compter que nous étions pour ainsi dire séparés, même si chacun à sa manière refusait de lâcher l'affaire.

Je suis restée avec lui, à croire que, telle une mal mariée du XIXe siècle, je n'avais pas le choix. Je suis restée et j'ai bercé le cadavre de notre amour, comme les mamans orangs-outangs leur bébé mort. En espérant qu'il se réveille ou peut-être parce que je ne connais pas d'autre façon de faire mon deuil.

Mais Davide non plus ne partait pas tout à fait. Il voulait garder la porte entrouverte tant qu'il ne se verrait pas reconnu innocent. Son innocence était le biais par lequel il envisageait de donner une seconde chance à notre histoire.

Davide est parti et revenu des dizaines de fois. Puis il a cessé de revenir. Quand je me suis retrouvée seule pour de bon, j'ai dérapé et dégringolé par un trou noir pour atterrir au Royaume du Grand n'importe quoi. J'ai glissé de plus en plus vite en m'agrippant à ce qui se présentait. Puis quand l'intelligence elle-même n'a plus fait friction, je suis tombée en chute libre et j'ai touché le fond. Je suis devenue folle.

La jalousie me rendait enfin compréhensible. Le paradoxe était comique : plus je déraillais, plus les gens autour de moi me reconnaissaient et se sentaient rassurés. J'étais la femme trompée. Une situation que je ne devais ni défendre ni expliquer. J'étais là où l'on n'a aucun mal à imaginer une femme. J'étais une femme dont les autres femmes se sentent solidaires, ou du moins le prétendent. Et pour qui les hommes éprouvent un agacement mêlé de désir.

J'allais mal, très mal. Pourtant j'échappais pour la première fois au poids de la responsabilité. Quand vous êtes prévisible, quand vous avez des comportements peut-être infects mais que les autres déchiffrent sans problème, vous êtes plus tranquille. Comme dans les manifs, quand on défile au milieu d'inconnus qui scandent des slogans qu'en temps normal on jugerait insupportables, creux, banals, mais qu'on reprend quand même, et avec émotion.

La femme que j'étais devenue était plus forte, parce qu'elle avait un contour plus net. Beaucoup plus forte que l'Anna raisonnable, compliquée, solitaire. J'avais donné naissance à un fantôme plus réel que je ne l'étais moi-même et prêt à s'emparer de mon corps, de mon cerveau, de tout mon être. Ce qui explique que j'ai eu tant de mal à m'en débarrasser. Maintenant encore je sais qu'il est là, dans un coin. Tapi, prêt à m'assaillir dans les moments de faiblesse.

Je voulais tout savoir sur Davide : ce qu'il écrivait, ce qu'il faisait, où il était, où il dormait, avec qui il couchait. Je voulais tout savoir, mais pas par lui, qui de toute façon m'aurait menti. C'est pour ça que je l'espionnais. J'étais devenue lâche et menteuse, un vilain rat.

Quand il est parti pour de bon et que son téléphone a disparu de mon champ d'action, je suis passée à Facebook.

Je connaissais son mot de passe et lui le mien, depuis l'époque où nous nous faisions confiance. Naturellement je ne m'en étais jamais servie. Dans mon esprit, il avait une page Facebook pour le boulot, ou pour déconner avec ses copains. J'ignore comment j'ai pu être assez niaise pour croire ça quand, passé quarante ans, personne ne va sur Facebook pour travailler ou déconner. Tout le monde y va pour draguer. Tout le monde sauf moi. J'ai en effet vite fermé mon compte qui ne m'était d'aucune utilité.

Je me suis donc connectée pour la première fois sur son Facebook après son départ définitif. J'ai trouvé dans ses messages personnels toute une correspondance avec les femmes qu'il avait énumérées devant son mystérieux interlocuteur. Les premières approches, les rendez-vous, les messages de cul. À en juger par la fréquence et l'intensité de ces échanges, toute son activité sexuelle se déroulait sur cette page. Mais la découverte n'a pas été vraiment douloureuse. Certains passages prêtaient même à rire. Ses maladresses de style donnaient aux conversations un ton infantile, un côté risible. Je m'amusais de ses stéréotypes et de sa hâte d'arriver à ses fins, facile à percevoir pour moi qui le connaissais bien.

La seule vraie douleur, c'était Chien.

Après cette première fois, j'ai pris l'habitude d'espionner son compte à tout bout de champ. Je n'éteins jamais mon ordinateur et à l'époque je restais connectée non-stop sur sa page Facebook. Vingt-quatre heures sur vingt-quatre.

Même si on ne vivait plus ensemble, on était toujours en contact. Il lui arrivait souvent de m'appeler juste avant ou juste après avoir chatté avec une des nanas de la liste, quand ce n'était pas au même instant. Cette simultanéité totale, cette incapacité de se concentrer une demi-heure, dix minutes, sur un seul objet me rendaient folle. C'était tout en même temps et sur le même niveau, tout interchangeable.

Davide couchait avec quasiment toutes les nanas de sa connaissance et était amoureux de l'une d'elles, mais il ne voyait là rien qui nous empêche d'être ensemble. Certes il mesurait qu'il avait un peu passé les bornes, mais, cramponné à son innocence, il ne voyait pas pourquoi j'insistais sur ses fautes et refusais de pardonner comme il m'avait pardonné.

J'essayais de lui expliquer que parler de pardon n'avait pas de sens. On demande pardon quand on a décidé de changer. Pardonne-moi pour ce que j'ai fait, mais pas pour ce que je fais et ferai tant que j'en aurai envie, parce que je m'éclate.

Dans ce second cas de figure, qui est le nôtre, il ne s'agit pas de pardon, mais de dérogation à notre pacte. Si tu me trompes avec toutes mes amies et les tiennes, et que tu persistes et signes, il est absurde que tu me demandes de te pardonner. En revanche tu peux me demander d'abolir la règle selon laquelle notre relation est monogamique, abrogation qui devrait valoir pour les deux parties. Rien ne t'empêche de suggérer une abrogation unilatérale, mais ainsi formulée la proposition a peu de chances de trouver bon accueil. La logique aurait voulu qu'on s'assoie autour d'une table et qu'on reconnaisse que c'était le moment de vivre chacun ses aventures dans son coin sans qu'elles affectent notre couple. Et que, si ce n'était pas possible, il était temps de se quitter pour de bon.

Mais étranger à la logique, Davide niait toujours tout en bloc – y compris ses déclarations sur Facebook que, par égard pour mon intelligence, je n'avais pas recopiées pour les brandir comme preuves, mais que je lui reprochais, sans toutefois les citer pour qu'il ne comprenne pas que je les avais lues – et refusait de discuter en ces termes. Sa tactique consistait à garder ses distances et m'appeler de temps en temps comme si rien ne s'était passé. L'hypothèse d'une séparation en bonne et due forme n'était pas envisageable pour lui. Ni, c'est terrible à dire, pour moi.

J'ai espionné ses conversations pendant deux semaines, jusqu'au jour où – mais uniquement parce qu'il avait de forts soupçons – j'ai avoué. J'ai reconnu que j'utilisais son compte, puis que j'effaçais de sa boîte mail les notifications de connexion depuis un autre ordinateur. Que j'avais lu tous ses échanges avec les autres femmes, et surtout avec Chien. Qu'il ne pouvait pas imaginer combien il m'avait fait souffrir, mais qu'enfin, en lui parlant, je m'étais libérée. Il pouvait désormais aller son chemin, je ne voulais plus rien savoir de lui.

Il a changé de mot de passe.

Le lendemain, j'ai essayé de me connecter, deviné le nouveau mot de passe en cinq minutes et continué de l'espionner et d'effacer les notifications de connexion.

C'est moche, hein ? Mais le plus incroyable, c'est que Davide semblait me faciliter la tâche. Tout juste s'il ne s'en amusait pas. Il commettait des erreurs grossières. Incroyables, énormes. À partir de ce premier coup de fil, il n'a eu de cesse de créer les conditions idéales pour que je l'espionne.

Pourquoi ? Simple inattention ? Non, il est tout sauf distrait. D'accord, il galère avec la technologie, mais pas au point de justifier de telles maladresses. Ce qui se passait n'était pas dû au hasard. Il ne voulait pas qu'on se sépare, mais entendait lancer une alarme, faire monter la pression, tout ficher en l'air pour ensuite, peut-être, redémarrer.

Tu souris, Vale ? Tu penses que je suis victime d'un accès de paranoïa posthume ? Mais alors, comment expliques-tu cette histoire de mot de passe ?

Mon avis, c'est que Davide, convaincu de ne plus me plaire, lassé de moi, revenu de la magie, a semé des indices au lieu de fournir des explications. J'ai peut-être adopté le même procédé quand j'ai compris qu'il me surveillait, et qu'au lieu d'effacer certains textos et mails je les ai archivés. Mais quand je me suis aperçue que ce petit jeu devenait dangereux, qu'on allait y laisser des plumes, j'ai changé de mot de passe, effacé ce qu'il fallait effacer, et c'en est resté là.

Lorsqu'il a compris mon manège, il a changé de mot de passe, mais je l'ai deviné. Il l'a rechangé, je l'ai redeviné. Je me suis dit que nos cinq années de vie commune m'avaient donné la capacité de lire dans ses pensées. C'était en partie vrai. Je savais quelles formules il mémoriserait aisément et où il irait les pêcher. Même chose de son côté. Pour cette raison, le nouveau mot de passe que j'avais choisi pour ma boîte mail lui était tout bonnement inaccessible. Il appartenait à un champ sémantique et à une époque de ma vie que Davide ne pouvait ni connaître ni soupçonner.

Pourquoi n'a-t-il pas fait pareil ?

Des pans entiers de sa vie passée et présente m'étaient inconnus. Pourquoi ne piochait-il pas dans cette réserve un mot de passe inviolable ?

Parce qu'il voulait que je le viole. Pour éviter de devoir s'expliquer. Et pour qu'en plus j'assume mon péché d'indiscrétion. Il m'infligeait ainsi une double humiliation.

À partir d'un moment, l'humiliation est devenue la clé de tout. Tant qu'on a vécu sous le même toit, on s'est humiliés en s'insultant. Puis, quand on n'a plus habité ensemble sans toutefois réussir à se quitter pour de bon, on s'est infligé des humiliations plus sérieuses. Par exemple, on poussait l'autre à se comporter de façon infecte afin de le lui reprocher.

Je ne peux pas affirmer ce qu'il en était pour Davide, mais pour moi l'humiliation, au lieu d'être la conséquence de notre relation ratée, était la raison même pour laquelle je m'y accrochais. L'histoire d'amour était devenue dispositif psychotique, source d'une humiliation constante.

Il m'importe peu de percer les raisons d'un tel goût pour l'humiliation. Je sais seulement que pendant presque un an de ma vie j'ai pratiqué une forme systématique d'autoflagellation psychologique et physique. Je me suis infligé un programme d'exercices spirituels à l'envers.

Ai-je ritualisé ainsi le deuil de la séparation ? Ou bien ai-je voulu me punir de cette séparation ?

Tout le monde sait faire certaines choses et pas d'autres. J'entends parmi celles qui aident à vivre. Pour ma part, je manque d'une faculté de première importance à notre époque : enchaîner les relations. C'est physique. Mon corps refuse d'abolir une complicité gagnée de haute lutte pour la reporter sur un autre corps. Je ne parle pas de sexe. Le rapport sexuel comporte en soi toute la familiarité, la complicité et l'intimité nécessaires. Je parle du quotidien, de la cohabitation, de ces détails tout bêtes que partagent deux personnes qui vivent ensemble, et pas deux amis, deux frères ou deux sœurs.

Peut-on accepter de sortir d'une vie partagée avec une personne pour entrer dans celle d'une autre ? Comme ça, en l'espace de quelques mois, ou même quelques années ? Je ne pense pas. Je crois que les histoires de cœur en série engendrent plus de souffrance que de plaisir. J'estime ce fonctionnement erroné, injuste, cruel, mais surtout il m'est étranger. Et s'est toujours avéré catastrophique quand j'ai dû m'y ranger.

Ma stratégie, si on peut l'appeler ainsi, c'est le meurtre. Je tue la personne que j'étais pour renaître différente. Ce n'est pas la même Anna qui passe d'une relation à l'autre. Une Anna meurt avec son vieil amour et une nouvelle Anna voit le jour.

Pour me tuer cette fois, j'ai choisi de ne pas manger.

Quand le compte Facebook de Davide restait inactif, j'imaginais soudain que tout était fini. Que je fermais la page pour ne plus jamais l'ouvrir. Je le pensais sérieusement, comme entre deux cigarettes on se jure d'arrêter de fumer. D'autres jours, je suivais les faits et gestes de Davide et de ses nanas à la façon d'un polar : où se donneraient-ils rendez-vous, que feraient-ils ?

La période de la bulle bleue a été la pire.

C'était moi qui avais chargé et installé cette application sur son téléphone. À sa demande toutefois, en cas de vol. Pendant que j'opérais, il avait commenté à voix haute : comme ça tu sauras toujours où je suis. Et il se marrait. Moi je pensais : comme ça je saurai toujours où il est.

Ça s'appelle « Localiser mon iPhone ». Pour l'activer, il faut entrer l'adresse mail sous laquelle le téléphone est enregistré et le mot de passe sur iTunes : je les connaissais tous les deux. Le téléphone est symbolisé par une bulle bleue qui se déplace sur une carte, un plan de rues à fond jaune, genre Google Maps. On peut choisir une présentation plane ou en trois dimensions. Selon la vitesse de déplacement du téléphone – à pied, en voiture ou à moto – le tracé sur la carte apparaît en temps réel ou légèrement décalé. Parfois il bloque. Parce que le téléphone sort d'une zone couverte ou pour quelque obscure raison.

Quand la bulle s'arrêtait, j'avais la sensation que les rôles s'inversaient. Je pensais qu'on s'était immobilisés l'un en face de l'autre, comme quand on jouait enfants et qu'au changement de consigne c'était à lui de m'attraper et à moi de me sauver. Tac, on permute. Sauf que là, c'était toujours moi qui courais derrière lui. Des mois durant, j'ai passé mon temps à suivre les évolutions de la bulle bleue. À la maison sur l'écran de l'ordinateur, sur mon portable. Quand je sortais, même quand j'étais au restaurant avec toi, Vale, je posais mon iPhone sur mon sac de façon à le voir d'un mouvement de tête. Quand il se mettait en veille, je l'effleurais et la bulle repartait.

Tu t'en étais aperçue, n'est-ce pas ? D'où te venait une telle patience ? Tu étais à bout, je le savais et j'aurais dû te laisser un répit. Mais je n'y arrivais pas. Tu ne peux pas imaginer comme je te suis reconnaissante de n'en avoir jamais parlé.

D'avoir continué de me sortir comme la petite sœur qu'on est obligé de se coltiner.

Au restaurant, je m'asseyais silencieuse en face de toi, jambes croisées, balançant un pied. Quand arrivait le moment dans la soirée où je me mettais invariablement à pleurer, tu faisais mine de rien. Parfois tu chantonnais. Tu avais adopté cette réaction absurde, peut-être pour ne pas me gifler. Et ça marchait parce que ça me faisait rire. Pendant que tu fredonnais tes chansonnettes, peu à peu je cessais de pleurer. Je ne sais pas si tu t'en rendais compte : tu chantonnais à mi-voix, et moi je riais entre mes larmes. Pour finir, je me calmais.

Deux ou trois fois, tu es partie. Enfin, tu n'es pas vraiment partie parce que ce n'est pas ton genre, mais tu as réclamé l'addition et tu t'es levée. Un autre jour, tu m'as dit que tu écrirais au président du Conseil pour demander l'autorisation de me débrancher. Tu avais raison, tu avais toujours raison, mais j'étais piégée, tu comprends ?

Le tracé de la bulle bleue sur l'écran de l'ordinateur reproduisait les déplacements de Davide à travers la ville. Pour vérifier, ou bien parce que j'avais vraiment disjoncté, je lançais l'application même quand il était à la maison avec moi. Parce qu'il arrivait que Davide vienne à la maison, et même qu'on couche ensemble. Alors, enfermée dans les toilettes, je surveillais sur l'écran de mon téléphone de combien de mètres il s'éloignait, s'il changeait de pièce.

La bulle bleue me tranquillise, pensais-je. C'est pour ça que je le fais. Si je sais où se trouve Davide, je n'ai pas à me soucier de le chercher. Faux, bien sûr. En réalité, savoir toujours où il se trouvait signifiait vivre dans une obsession. Effacer toute autre pensée, établir un ordre de priorité démentiel : repérer la bulle bleue passait avant tout le reste. Avant les conversations avec les gens, avec toi par exemple, avant un travail bien fait, avant mon sommeil. Des heures, des journées entières. Je travaillais en suivant la bulle bleue du coin de l'œil. Je fermais et relançais l'application pour mettre à jour la position, j'essayais de ne jamais aller dans des endroits sans réseau, où mon portable n'aurait pas capté.

Aujourd'hui encore, je ne peux pas regarder une carte Google sereinement. Certains quartiers de Rome, ceux qu'il fréquentait le plus souvent, comme celui où habite Chien, m'apparaissent flous sur l'écran. Ma vue se brouille. Si je dois chercher une adresse dans ces secteurs-là, je ne me sens pas très bien. La nausée me reprend, comme un réflexe pavlovien.

Je suis arrivée chez Chien grâce à la bulle bleue.

J'appelais Davide, je lui demandais où il était et il me disait à tel ou tel endroit. Ce n'était pas vrai, ce n'était jamais vrai, pas même quand il s'agissait d'endroits anodins. Plus je le traquais, plus il mentait à tort et à travers. Mais la plupart du temps, ce n'était pas à tort et à travers, il mentait parce qu'il était chez elle.

Au début, je ne savais pas que c'était chez elle. Je remarquais seulement que la bulle bleue revenait sans arrêt dans ce dédale de rues qui m'angoissait. Chien habite un coin de Rome qui m'a toujours angoissée. C'est un satellite de la ville, relié au centre par un pont et une longue avenue très passante. Ça ressemble à un schéma d'élément chimique. En plus, elle habite la partie haute, qui est encore pire. Une enclave de petites villas chic qui se protègent les unes les autres comme dans un bourg médiéval. À l'intérieur, les rues sont très étroites et à sens unique. Il y a des ruelles privées sans nom, des escaliers, des placettes absentes des cartes. C'est une zone compliquée. Si j'étais un terroriste, je viendrais me cacher là.

J'ai commencé à me douter que Chien vivait dans les parages parce que Davide y passait souvent la nuit. Ses messages aux autres nanas, avec qui Dieu merci il continuait de coucher, s'étaient faits plus rares et laconiques. Parfois même méprisants. L'une d'elles en particulier, que je connaissais parce qu'elle m'avait contactée pour me demander un service, suscitait son agressivité et ses railleries. Chaque fois qu'ils couchaient ensemble, elle lui écrivait de petits mots tendres, auxquels il répondait avec vulgarité.

De toute façon, Chien était la seule qui pouvait se prévaloir de ses je t'aime comme un fou, même si Davide m'avait expliqué que c'était de la foutaise. À partir d'un moment, mon attention s'est donc concentrée sur elle. Après plusieurs semaines où la bulle bleue stationnait des heures à la même adresse, j'ai décidé que c'était là qu'habitait Chien.

Et j'y suis allée. À plusieurs reprises.

Les premières fois, je me contentais de passer en scooter sans m'arrêter, quand la bulle bleue m'assurait que Davide était ailleurs. Je tournicotais, observais les environs. Ce quartier est imbuvable. On n'y croise que des femmes défigurées par la chirurgie esthétique, des clébards nains, des hommes à lunettes noires affectés de ce rictus que provoque une consommation régulière de cocaïne et de Viagra. Le rictus de ceux qui voudraient avoir un autre cœur, plus jeune, plus sain, et une queue au garde-à-vous. Des 4 x 4, des ados dont le pantalon taille basse laisse voir un slip de marque, des gamines habillées comme des prostituées, cheveux lisses et tatouages sur les chevilles.

Je ne connaissais pas l'adresse exacte de Chien, mais la bulle s'arrêtait dans un coude où se trouvait aussi un petit hôtel. Je me suis dit que ce pouvait être la destination de Davide. J'ai téléphoné en me faisant passer pour sa sœur et demandé s'ils avaient une réservation à son nom. Mais non.

L'hôtel excepté, la rue ne comptait que des villas à un étage avec jardin, bougainvillées et portail à cellule infrarouge. Un jour, je me suis enhardie et j'ai longé à pied les deux ou trois villas qui auraient pu être la sienne. Je me suis donné dix minutes. Au-delà, j'aurais risqué d'éveiller les soupçons.

J'ai vu sortir une femme courte sur pattes, maigre, de longs cheveux blonds. Elle me tournait le dos. Je ne savais pas encore à quoi ressemblait Chien, mais cette nana portait un gros sac d'où dépassait une tête de petit chien. Elle a mis des oreillettes pour écouter de la musique sur son téléphone portable. Elle marchait vite, et je ne voyais pas où elle pouvait aller. Dans ce quartier, les gens se déplacent en voiture ou en taxi. Personne ne va à pied nulle part. J'ai pressé le pas jusqu'à frôler son dos. Elle a sorti un trousseau de clés et désactivé à distance un antivol de voiture. Et moi – aujourd'hui encore je me demande pourquoi –, je lui ai fait un croc-en-jambe.

Mon dernier remontait à mes six ans, et je n'avais assurément jamais choisi pour victime une inconnue dans la rue. N'empêche que je l'ai réussi et qu'elle s'est étalée de tout son long sur le trottoir sans comprendre ce qui lui arrivait. Je l'ai dépassée et me suis retournée pour la regarder sans un mot. Le chien dans le sac de la femme qui n'était pas Chien a roulé plus loin sur le trottoir.

« Ça va, Jay-Z ? » a-t-elle demandé en serrant dans ses bras cette petite chose tremblante. Et là j'ai éclaté de rire. Impossible de me retenir. Cela faisait des mois que je n'avais pas autant ri. D'abord déconcertée, elle s'est mise à hurler, m'insultant jusqu'au moment où je suis remontée sur mon scooter pour disparaître dans le virage, toujours hilare.

Je ne suis pas retournée dans ce quartier pourri. Et je n'y remettrai pas les pieds de ma vie.

Chien était-elle au courant de ma folie ?

Quelques mois plus tôt, j'aurais juré que Davide ne lui raconterait rien pour ne pas paraître faible, à la merci d'une ex complètement givrée. Mais maintenant c'était différent. Maintenant nous étions séparés et je ne savais plus rien de lui, de ce qu'il sentait. Il s'enorgueillissait peut-être de ma folie, ou elle pouvait lui sembler amusante, un bon sujet de rigolade avec Chien. Maintenant c'était elle son alliée, et moi l'ennemie.

À tout autre moment de ma vie, ce que Chien pensait de moi aurait beaucoup compté. Jamais, au grand jamais, je ne me serais humiliée de la sorte devant quelqu'un, devant une femme, ma rivale. Jamais. Je me serais plutôt tuée de façon rituelle, ou j'aurais disparu. Mais disparu pour de bon, en détruisant mes cartes de crédit et en me procurant de faux papiers.

Je ne serais restée que pour lui prouver que ça m'était bien égal, que je savais et pouvais me comporter de la même manière qu'elle, en vampant les hommes comme ça me chantait. C'est la réaction habituelle des femmes saines d'esprit. Ç'avait toujours été ma réaction aussi, jusqu'à ce coup de fil qui m'avait expédiée au Royaume du Grand n'importe quoi.

Je sais que tu ne me croiras pas, Vale, mais à ce moment-là j'ai imaginé que Chien et moi on pourrait être complices. Si je trouvais la bonne façon de me présenter, ai-je pensé, si je lui parlais de femme à femme, elle comprendrait. On pourrait même devenir amies, se confier des petits secrets, échanger des confidences sur Davide. Se dire par exemple à quel point il ne nous méritait pas. Elle pourrait m'appeler pour me demander conseil, je pourrais sortir promener son chien. Qu'est-ce que t'en dis, Chien, on va à la mer avec ton chien ? Ce genre de trucs.

Une fois amies, on exclurait Davide de notre ménage parfait. Ou mieux encore, Chien découvrirait peut-être en faisant ma connaissance combien je lui étais supérieure. Et que la seule attitude juste pour elle consistait à débarrasser le plancher. Disparaître en détruisant ses cartes de crédit et en se procurant de faux papiers. Mais auparavant elle se livrerait à un certain nombre d'actes aberrants et inexplicables, assez tordus pour démolir son charme à jamais. Ce qui préviendrait toute possibilité que Davide la regrette un jour.

J'imaginais qu'en disparaissant, Chien me laissait une lettre. Où elle me demandait pardon et m'expliquait que rien de ce que j'avais imaginé sur Davide et elle n'était vrai, qu'ils s'étaient aveuglés, leur histoire n'était qu'une passade. Elle m'expliquait dans cette lettre qu'aucun des deux n'était amoureux de l'autre, que ses je t'aime comme un fou étaient de la foutaise, qu'elle n'entrait pas dans les détails mais qu'en fin de compte ils signifiaient tout sauf je t'aime comme un fou, et qu'au lit, précision capitale, c'était très moyen. Pire, elle avait toujours eu l'impression pendant leurs rendez-vous que Davide me regrettait. Il regrettait l'amante que j'étais, la façon merveilleuse, lui avait-il avoué, dont nous faisions l'amour quand nous vivions ensemble.

Ce scénario où Chien se rangeait de mon côté me plaisait tant que je lui ai écrit des lettres. Une dizaine, je dirais. C'étaient de très belles lettres empreintes de solidarité féminine et d'esprit de conciliation. Ainsi que d'une indulgence envers l'imperfection du monde, d'une tolérance devant les faiblesses, d'une dignité, qui m'étaient totalement étrangères. Face à mon ordinateur, convaincue non seulement d'être dans le vrai mais de régler le problème, j'étais possédée par une autre moi-même. Toujours aussi imbécile, à dire vrai.

Chère Chien, écrivais-je par exemple (évidemment je n'écrivais pas Chien, mais son prénom), je ne t'en veux pas. Je voudrais que ce soit bien clair. Je n'en veux pas à Davide non plus. Je crois que certaines choses arrivent. Quand on est en couple depuis un certain temps, il n'est pas rare qu'on rencontre d'autres personnes qui nous plaisent. Ça m'est arrivé aussi, comme tu peux l'imaginer. Et plus d'une fois. Il serait donc bienvenu que, dans une situation aussi naturelle, nous fassions preuve d'intelligence. Je sais que tu es très occupée, mais que dirais-tu de prendre un apéritif, toi et moi, en adultes sensées que nous sommes...

Je donnais dans ce genre de prose. J'avais créé sur le bureau de mon ordinateur un dossier intitulé *Lettres à Chien*. Je les archivais au fur et à mesure que je les écrivais. À cette époque je n'avais pas son adresse mail. Et quand je l'ai dénichée, Dieu merci l'idée de devenir son amie m'était sortie de la tête.

Plus la bulle bleue s'attardait là où j'étais désormais certaine qu'habitait Chien, plus mon état empirait. Je pleurais, fumais, touchais le fond du désespoir. Chaque fois que la bulle décollait de ce quartier pourri, je poussais un soupir de soulagement.

Entre-temps, Davide m'appelait et continuait de me mentir à tort et à travers. Jusqu'au moment où j'ai réagi à ses mensonges en lui certifiant que je savais où il se trouvait. En lui envoyant des messages chaque fois qu'il se garait près de chez Chien, en l'insultant quand il tentait de me soutenir que ce n'était pas vrai. J'ai répondu ainsi de façon systématique pendant plusieurs semaines, convaincue que tôt ou tard je réussirais à lui avouer où je puisais mes informations. Je voulais le lui dire, je voulais qu'il sache et qu'il désactive cette maudite application. Mais chaque fois que j'essayais, je pensais à ce qui se passerait quand la bulle bleue disparaîtrait de ma vie. Je me demandais comment je survivrais sans savoir à tout instant où se trouvait Davide, tandis qu'il pourrait de nouveau m'opposer son fameux axiome, qui avec le reste m'avait rendue folle : je ne mens jamais. Et je ne disposerais plus d'aucune preuve pour le réfuter.

Mais il fallait que j'arrête, un endroit de mon cerveau le savait. Pour m'en convaincre, j'ai caressé une idée absurde : il n'était pas si sûr que la bulle se déplaçait avec lui. C'était peut-être moi qui la téléguidais de mon ordinateur ou de mon téléphone. Il n'existait peut-être aucune bulle bleue, je jouais peut-être simplement à un jeu vidéo qui avait pour objectif ma désintégration finale.

Puis, une nuit, Davide a enfin compris. Une de ces nuits que je m'apprêtais à passer sans dormir, allongée sur un lit quelconque chez des amis à faire semblant de lire, la bulle bleue a disparu. J'ai essayé en vain d'ouvrir l'application : son mot de passe sur iTunes avait changé. Je l'ai félicité par texto, je me suis couchée et je n'ai pas essayé de le deviner.

Cette nuit-là, j'ai enfin pu dormir.

Malgré mes activités d'espionnage frénétiques, je n'ai jamais cessé de travailler. Le soir, je sortais dîner avec toi, il m'arrivait de coucher avec Davide ou avec d'autres hommes qui, en dehors de toute raison, avaient envie de la loque que j'étais. Mais je passais le plus clair de mon temps à pleurer.

Je me suis demandé pourquoi je pleurais autant. J'aurais pu m'effondrer, vomir, rester au lit des journées entières. J'aurais pu m'engueuler avec tout le monde. Non, je pleurais. À part quelques épisodes violents, je ne sanglotais pas, ne reniflais pas : je laissais les larmes couler sur mes joues jusque dans ma bouche. Lentes, chaudes : je ne les essuyais même pas. Je portais toujours des lunettes de soleil, y compris le soir, et je marchais tête baissée. Quand je pouvais, je me cachais, dans les toilettes surtout. Si j'allais chez des gens, il fallait que je m'isole deux ou trois fois dans la soirée. J'ai passé le 31 décembre de cette année-là enfermée dans une pièce sur une pile de manteaux, à pleurer. Et à lire un exemplaire fatigué et sans couverture de *L'Invention de la solitude* de Paul Auster. Un livre que j'avais déjà lu sans l'apprécier plus que ça. Toute cette soirée de nouvel an, j'ai donc relu un livre que je n'aimais pas pendant que les autres faisaient la fête. De temps en temps, quelqu'un entrait prendre du papier à cigarettes, un briquet. En me découvrant, la personne s'excusait. Je disais non, rien, je vais bien. Qu'est-ce que tu lis ? Paul Auster. C'est bien ? Pas mal... Je vous retrouve tout de suite, ne vous inquiétez pas.

Un jour, je me suis mise à pleurer parce qu'à un feu rouge un scooter s'est arrêté à côté de moi. La fille à l'arrière avait un sac vert en bandoulière, style cartable d'enfant. Le garçon portait des Dr. Martens vertes, exactement dans le même ton. Ils étaient plutôt moches, l'un et l'autre. L'amour moche. Je les ai imaginés le matin même alors qu'ils décidaient d'assortir son sac à elle avec ses chaussures à lui. Je les ai imaginés riant. Allongés sur une plaque de glace crevassée. Et moi, j'étais où ? Il n'y aurait plus jamais de place pour moi dans cette dimension, dans l'espace-temps sentimental.

Un autre jour, j'ai pleuré dans les toilettes d'Alessandro, mon copain avocat. Assise dans sa salle d'attente, je feuilletais un magazine. À côté de moi se trouvait une femme qui portait un foulard en soie à motif cachemire, noué dans la nuque. Tout en faisant semblant de lire, j'imaginais qu'elle était malade, en chimiothérapie. Elle tenait une grande enveloppe transparente contenant divers papiers et documents, libellée au nom d'Alessandro. Elle m'a demandé si j'avais rendez-vous moi aussi et à quelle heure. Elle devait juste remettre cette enveloppe en mains propres, accepterais-je de la laisser entrer avant moi, elle n'en aurait pas pour longtemps. Je lui ai répondu que bien sûr, il n'y avait pas de problème. Puis elle m'a demandé où j'habitais, parce qu'elle était sûre de m'avoir déjà vue quelque part.

« Pyramide.

– Pardon ? »

Je ne voulais pas entamer une conversation avec elle, je ne voulais pas parler de l'endroit où j'habitais.

« Pyramide, c'est le nom d'un quartier ? Excusez-moi, je ne suis pas de Rome.

– C'est une pyramide. »

Je lui ai souri et j'ai rouvert mon magazine, parce que je savais que j'allais pleurer et je ne voulais pas. Mais j'ai été trop brusque et il est tombé par terre. Comme je me penchais pour le ramasser, la femme au foulard en a profité pour reprendre la conversation.

« J'habite… » Elle a prononcé le nom du quartier de Chien, cette saloperie de quartier après le pont.

« Vous connaissez ?

– Non. Enfin si, mais je ne l'aime pas beaucoup. Et même je le raserais volontiers. Si je pouvais exprimer un souhait au génie de la lampe, je lui dirais : peux-tu raser ce quartier s'il te plaît, celui qui se trouve au bout de cette putain d'avenue… »

Plus moyen de m'arrêter. Je m'empêtrais dans la tentative désespérée de cacher ma crise d'hystérie derrière une boutade. La femme me regardait, immobile, la bouche entrouverte. Elle semblait effrayée. Vous les Romains, a-t-elle dit quand je me suis enfin tue, vous êtes très sympathiques, peut-être un peu trop… Elle ne trouvait pas le mot, elle craignait de me blesser. J'ai dit veuillez m'excuser. Je me suis levée, j'ai récupéré mon sac et je suis allée aux toilettes. Je m'y suis enfermée et j'ai pleuré.

J'avais honte. J'espérais que cette femme ne s'était pas rendu compte de ce qui m'arrivait. J'espérais qu'elle avait pensé que je m'étais offusquée pour cet adjectif qu'elle n'arrivait pas à prononcer, ça me paraissait plus digne. Je sais ce que pensent les gens quand ils voient une femme fondre en larmes, une femme sans foulard, j'entends. Je le sais parce que cette année-là ça m'est arrivé très souvent.

Enfermée dans les toilettes, assise sur le trône, je m'efforçais de penser au nombre de piqûres que cette femme en foulard avait dû subir. À ce poison qui donne la nausée et fait vomir, au moment où ses cheveux étaient tombés. Et avant, quand on lui avait annoncé qu'il y avait cette tache, qu'il fallait opérer et qu'on avait chiffré ses chances de survie (50-50, 70-30, 64-36 ?), en ajoutant que, si elle ne mourait pas, elle subirait de toute façon un martyre qui la détruirait. Je me concentrais sur son mari, ses enfants, son entourage. J'avais appris cet exercice. Pour m'arracher à mes pensées obsessionnelles, j'essayais de me concentrer sur du réel. Objets, lieux, chaussures, couleurs. Ou bien sur les souffrances d'autrui, mais à la condition expresse qu'elles soient avérées. Les maladies, la douleur physique, l'humiliation dans les hôpitaux. Cette camisole en papier qu'on vous passe pour vous opérer, ouverte dans le dos, qui laisse les fesses à l'air.

Je me suis calmée peu à peu. Je me suis mouchée avec le papier toilette et je suis sortie. Je me suis regardée dans la glace. Je me suis maquillée et j'ai mis mes lunettes de soleil. J'ai une allergie, lui dirais-je si elle levait les yeux vers moi. Mais elle n'était plus là.

Je suis séparée, me répétais-je.

Et j'imaginais mon corps démembré, bras, jambes, foie, poumons, chacun de son côté. Tu es en train de te séparer, disait dans ma tête une voix cauchemardesque. J'entendais des rires et cette voix horrible qui était la mienne. Je voyais une sorte de dessin animé vintage, une chorégraphie en noir et blanc où des marionnettes qui représentaient mes organes dansaient un swing où tour à tour ils se décollaient et se recollaient. J'essayais de les chasser de mon esprit, mais elles revenaient dès que je me relâchais.

À cette époque, j'avais souvent ce genre de visions. Ce n'étaient pas exactement des visions, mais plutôt de courtes vidéos qui défilaient devant moi, où la même scène se répétait à l'infini. Il y en avait trois ou quatre, toujours les mêmes. Surtout la nuit, dès que je fermais les yeux. Exception faite du ballet de mes organes, ces vidéos montraient invariablement Chien. Davide et Chien qui baisaient.

Séparée.

Démembrée.

Coupée de lui.

Lui d'un côté et moi de l'autre.

Ce n'était pas si facile. Il fallait nous déprendre l'un de l'autre, une opération qui demanderait beaucoup de temps et encore plus de patience. Nous étions restés ensemble cinq ans et, comme c'est toujours le cas, il s'était créé entre nous une zone floue, une bande de Gaza dont nous revendiquions chacun la propriété. À qui appartenait telle façon de parler, de traîner sur une consonne pour imiter mon dialecte, à moi ou à lui ? Et cette chanson ? Je portais ces vêtements parce qu'ils me plaisaient ou parce qu'il m'avait dit qu'ils m'allaient bien ? Qui le premier avait commandé ce second café au bar le matin, transformant la chose en rituel ?

Se séparer ne signifie pas redevenir ce qu'on était avant de connaître la personne dont on se sépare. Plût au ciel que ce soit aussi simple. On ne devient jamais ce qu'on a déjà été. Et pas seulement parce que le temps a passé. Se séparer signifie devenir une nouvelle personne. Celle qui reste après avoir détricoté avec du temps et de la patience la trame d'un amour défunt. Évidemment beaucoup de choses y restent empêtrées. Et chaque fois que vous en rencontrez, chaque fois que vous faites un geste, employez un mot qui était à lui, à vous deux, vous frissonnez.

On dit toujours qu'il vaudrait mieux se séparer vite, aux premiers signes. Ne pas traîner ses rancœurs dans l'espoir qu'avec le temps, l'irritation redevienne de l'amour. La colère ne redonne jamais de l'amour. Avec de la chance, elle débouche sur de l'affection. De l'amour, jamais.

Tout le monde vous le dit, et moi aussi maintenant, mais sur le coup vous n'en démordez pas. Ou simplement vous n'arrivez pas à lâcher prise parce que vous croyez que c'est votre seul ancrage. Si je laisse filer, pensez-vous comme je le pensais, je serai emportée. Dans quelle mer, dans quel ciel, allez savoir. Alors que c'est le contraire. On est balayé si on s'agrippe.

Dehors, il n'y a pas de courant. Dehors, tout est normal comme toujours. L'enfer est dedans. Pour ma part, je me suis cramponnée un temps invraisemblable. Une année, une année entière de démence.

Pendant toute cette période, j'étais incapable de m'occuper de moi. J'ai délaissé l'entretien de la maison, mais aussi le soin de mon corps. Non seulement je m'habillais toujours de la même façon, mais je me lavais peu, ne me coiffais pas et ne m'épilais presque jamais.

J'étais négligée, molle, j'avais l'impression de sentir mauvais. Mon visage était bouffi et plus marqué qu'en temps ordinaire. Deux rides profondes étaient apparues au coin de mes lèvres. J'avais constamment mal au ventre, en un point que je n'arrivais pas à identifier.

Parfois je situais la cause dans les poumons. Et alors c'était fatalement le cancer. J'avais recommencé à fumer sauvagement. Personne n'aurait mérité plus que moi une maladie mortelle à cette époque. Le soir quand je me couchais, je sentais mes poumons crépiter. Si je soupirais, j'entendais à l'intérieur un froissement de papier kraft. Et un souffle dont la provenance m'échappait. Mais ce n'était pas le cancer. C'était peut-être une colite, une gastrite, un trouble digestif quelconque.

Les jours où je croyais souffrir d'une maladie à l'estomac ou à l'intestin, ma bouche me dégoûtait. Je lui trouvais un arrière-goût de pourri et il me semblait que tout le monde en sentait l'odeur. Je me tenais à distance, mâchais du chewing-gum à la menthe, mettais la main devant la bouche pour parler. Je voulais surtout éviter que les autres regardent en moi et découvrent la putréfaction qui s'y cachait.

À un certain stade, j'ai cessé de m'alimenter.

Ma dernière tentative culinaire remonte au départ définitif de Davide. Après plusieurs semaines sans allumer la cuisinière, pas même pour un café, un des rares soirs où tu ne m'avais pas invitée à dîner, j'ai essayé de préparer le plat le plus basique qui soit, des pâtes à la tomate. Le seul dont j'avais les ingrédients sous la main : un paquet de spaghettis et une boîte de tomates pelées, reste de courses faites avec Davide. J'ai même trouvé un oignon presque intact. Je l'ai coupé en deux, il avait un peu bruni à l'intérieur, mais ce n'était pas grave, je ne comptais pas l'utiliser en entier. J'ai enlevé le cœur abîmé, émincé la partie encore bonne et l'ai fait revenir à l'huile dans une poêle.

Pendant que l'oignon mijotait, je le regardais. Il dorait et l'odeur se répandait dans la maison. Comme si tout était normal et que quelqu'un était en train de mettre la table, comme si les spaghettis cuisaient – alors qu'il n'y avait pas de casserole d'eau sur le feu – et qu'à un moment je m'assiérais quelque part pour dîner. Mais il n'en irait pas ainsi, il n'y aurait pas de dîner, c'était évident. Je ne m'assiérais pas, je n'ouvrirais pas une bouteille de vin, je ne serais même pas capable de mettre à chauffer l'eau pour les spaghettis. Je n'arriverais jamais à enchaîner l'ensemble des gestes aboutissant à un plat de pâtes à la tomate. J'avais épuisé toutes mes ressources avec cet oignon à moitié pourri qui s'étiolait dans l'huile. J'ai éteint le feu et suis allée me coucher.

Quand je me suis levée le lendemain, l'oignon était toujours là, figé dans son huile froide. Comme une preuve à charge. Depuis, je n'ai plus ressayé de cuisiner. J'ai acheté exclusivement des crackers et des jus de fruits.

Je ne sais pas quelle est ton expérience en matière de jus de fruits, Vale, mais ils ont changé à un point étonnant depuis qu'on était petites. Les crackers aussi ont fait des progrès : ils sont meilleurs, plus savoureux et, grâce à un nouvel ingrédient miraculeux, ne se brisent plus quand on les tartine de fromage. Dans la plupart des cas, ils ont perdu la ligne pointillée au milieu qui était censée permettre qu'on les coupe en deux facilement. En réalité, c'était toujours un désastre, comme toutes les lignes pointillées, à commencer par celles des factures. Maintenant les crackers sont entiers, souvent à base de farines recherchées et enrichis de graines. Ils peuvent être salés, non salés, complets, aux céréales. Mais somme toute, à part la ligne pointillée, les crackers ne sont pas très différents de ceux dont tu te souviens sans doute.

Les jus de fruits en revanche sont méconnaissables. Les jus simples n'existent quasiment plus : orange, ananas, pamplemousse. Seuls quelques magasins discount en proposent encore, en packs géants aux étiquettes affligeantes. Ils sont d'une acidité très Allemagne de l'Est. Personne ne les achète à part les familles nombreuses bengalis ou les ados quand ils s'approvisionnent en vue d'une fête. Ils les mélangent avec de la vodka et vomissent le tout sur les tapis. Le jus de pamplemousse est redoutable, à la première gorgée toutes tes papilles à la hauteur des oreilles se contractent comme si quelqu'un essayait de t'étrangler. On trouve parfois ces jus d'une autre époque à bord des Eurostar ou des vols Alitalia.

Par contre, les jus modernes, occidentaux, sont excellents. Ils associent plusieurs fruits selon leur couleur, leur forme, leurs bienfaits. On en trouve aux fruits rouges, jaunes, blancs, violets, avec de l'aloès, du ginseng, de la fleur d'oranger, énergétiques, digestifs, ACE tri-vitaminés. Ils portent de drôles de noms, évocateurs de plaisirs raffinés. Ils contiennent tous des vitamines, des antioxydants et des trucs qu'on présume bons pour la santé et dont évidemment nous manquons tous.

J'ai beaucoup pensé aux jus de fruits pendant cette année. Pourquoi préférons-nous un produit dans lequel rentrent plusieurs composants ? Plus il y en a, plus on est contents. Je crois qu'il s'agit d'une question cruciale. Nous avons perdu confiance, nous n'arrivons plus à dire oui, je veux cette chose-là. Parce qu'elle est trompeuse. Et si elle se révélait acide ou trop sucrée ? Nous n'avons pas la force de défendre un choix. Pour choisir, il faut imaginer que A est meilleur que B, ou du moins que nous le préférons. Choisir, c'est exclure. Mais nous ne savons pas ce que nous voulons, ce que nous aimons. Nous ne le savons plus. Alors nous trouvons notre bonheur dans le multiple, mieux encore s'il est enrichi de ci ou de ça. Un goût indéfinissable, mais excellent, dont l'origine nous échappe. On ne trouve pas d'ACE dans la nature. Désormais presque tout ce qui nous entoure est ainsi, pensais-je devant des rayons entiers de jus de fruits : multiple et indé-chiffrable.

Dans cette profusion, ma préférence allait aux fruits rouges : framboises, cerises, cassis, myrtilles. Aussi parce que j'avais l'impression qu'ils offraient plus de vitamines, et comme je n'ingérais que des jus de fruits et des crackers, je pensais que quelques vitamines supplémentaires m'aideraient à ne pas mourir. Mais les jus de fruits rouges sont épais et laissent un résidu sombre au fond du verre. À la maison, des dizaines de verres au fond noirci d'un dépôt collant traînaient éparpillés sur les tables, à la tête de mon lit, dans la salle de bains.

Je passais presque toutes mes soirées avec toi, Vale. On allait au restau. Tu parlais et je me taisais. Je pleurais. Au moment de commander, je m'agitais. La lecture de la carte me donnait la nausée. Je consultais le menu dans l'angoisse. J'aurais voulu dire rien, merci. Mais je ne pouvais pas, pas tous les soirs. Alors j'avais trouvé une solution simple : je commandais la même chose que toi. Moi aussi, était ma réponse. Au point que l'habitude m'est restée alors que je mange à nouveau régulièrement et que je vais bien. Quand on va au restau, je prends presque toujours comme toi.

Deux assiettes identiques arrivaient. Je poussais mes pâtes sur un bord, puis sur l'autre, je coupais mon poulet en morceaux de plus en plus petits.

Tu faisais semblant de ne pas t'en apercevoir et je t'en suis reconnaissante, là encore. Si le serveur y allait d'une remarque en remportant mon assiette presque pleine, tu faisais diversion. Tu savais que je ne mourrais pas de faim.

J'ai essayé, mais je ne suis pas morte. Bien que j'aie perdu plus de dix kilos. Je suis passée du 44 à un petit 40.

J'étais parfois prise de malaises violents dans la rue. Je me pliais en deux, incapable d'avancer. Les gens s'approchaient pour m'aider et je disais que je ne me sentais pas bien, mais qu'ils ne s'inquiètent pas, ça allait passer. Je me suis attiré les recommandations et les questions les plus diverses de personnes bien intentionnées – asseyez-vous, j'appelle une ambulance, voulez-vous téléphoner, êtes-vous italienne, avez-vous besoin d'argent – et me suis vu offrir beaucoup, beaucoup de verres d'eau. En général, on me faisait asseoir quelque part, sur des marches, un banc, une chaise qui se matérialisait au milieu du trottoir, puis on me donnait un verre d'eau. Je me laissais faire. Je savais qu'au bout de quelques minutes, quelqu'un dirait bon, vous vous sentez mieux, n'est-ce pas ? Alors je pourrais acquiescer et repartir, un peu vacillante.

La dernière crise sérieuse s'est produite à l'aéroport. J'allais à Londres sans aucune raison particulière. J'avais décidé de passer quelques jours dans l'appartement qu'un ami m'avait prêté, tu te souviens ? Apitoyé par mon état de prostration, il m'avait donné ses clés. Reste autant que tu veux. Cinq jours me semblaient une durée raisonnable. Assez longue pour que ce ne soit pas ridicule, mais pas au point d'être insupportable.

Je partirais seule. J'avais déjà voyagé en solitaire, toujours pour fuir un coup dur. Et je savais que je n'aimais pas. Ça me file le blues, surtout le soir. Cette fois, j'étais sûre que ce serait encore pire. Je m'étais dit que je marcherais et qu'au coucher du soleil je boirais jusqu'à m'écrouler. Je n'ai jamais su dîner seule, encore moins depuis que je n'arrivais plus à m'alimenter. Sans personne qui me l'impose, je n'arriverais pas à m'attabler pour manger, ni même à ingurgiter un bout de pizza en marchant. La pensée de toutes ces heures nocturnes, magasins et musées fermés, m'inquiétait, mais j'avais décidé de partir quand même.

J'étais déjà passée à l'enregistrement et je faisais la queue pour le contrôle des bagages cabine. Quand mon tour est arrivé, j'ai enlevé ma ceinture, mes chaussures. En me déchaussant, je me suis sentie gênée. C'est un geste intime et à cette époque je ne supportais rien d'intime. Surtout j'étais seule, sans le secours de la plaisanterie, sans personne pour me renvoyer une image de moi différente de celle d'un petit être perdu, pieds nus, en partance pour un endroit où personne ne l'attendait. Les autres voyageurs impatientés se pressaient derrière moi, tandis que le détecteur sonnait toujours. Les boucles d'oreilles. Le collier. Je passais et repassais, me sentant plus mal chaque fois. Quand ils m'ont enfin laissée passer, un homme en uniforme m'a rendu ma carte d'identité en deux morceaux. Vieille et fatiguée, elle venait de se déchirer.

Assise dans la salle d'embarquement, je l'ai sortie de ma poche. Je la tournais et retournais entre mes mains, ne sachant à quoi me résoudre. On ne me laisserait pas monter dans l'avion avec des papiers d'identité en lambeaux. Mais au lieu de penser que ce serait peut-être mieux ainsi, que j'allais pouvoir rentrer chez moi, me glisser sous la couette et oublier cette lubie idiote d'un séjour en solo à Londres, j'ai cédé au désespoir. Je tremblais, et il n'y avait personne pour me renseigner dans la salle d'embarquement. Je me suis levée pour partir chercher de l'aide en tirant ma valise à roulettes. Je ne trouvais pas le comptoir d'Alitalia. Je courais dans tous les sens, montais et descendais des escalators, suivais des indications erronées jusqu'au moment où j'ai heurté quelqu'un qui avait brusquement ralenti devant moi. Je suis tombée. Mon téléphone portable, que je tenais à la main, a valsé à plusieurs mètres.

Je me suis effondrée. Deux ou trois personnes se sont arrêtées pour me secourir, mais je me suis mise à crier et je crois même que j'ai agressé et essayé de frapper un jeune garçon, parce qu'à un moment on m'a ceinturée. Un vigile m'a attrapée par les épaules et m'a bloqué les bras. Il me faisait mal, mais j'ai continué d'invectiver ce gamin, j'ignore pourquoi, puis j'ai fondu en larmes. Le vigile m'a éloignée en me poussant dans le dos. Il m'a donné un verre d'eau. Je lui ai expliqué mon problème de carte d'identité, il m'a dit qu'il allait m'aider, que je pouvais me calmer. Quelques minutes plus tard, nous étions dans un box, une sorte de vestiaire. Il a sorti un rouleau d'adhésif et réparé ma carte. Un travail parfait. Puis il m'a sautée.

Je ne sais pas comment ça s'est passé, je ne me souviens pas. Il a dû me le demander d'une façon ou d'une autre. Il a dû m'embrasser ou me caresser avant. Ou c'est peut-être moi qui l'ai embrassé et caressé pour le remercier d'avoir recollé ma carte d'identité. Il m'a baisée par terre, dans ce réduit. Sur sa veste. Je souriais, même si ça ne changeait rien parce qu'on était dans le noir et pendant ce temps j'essayais de me souvenir si j'avais emporté ma valise ou si je l'avais oubliée à l'endroit où j'étais tombée. Il a expédié l'affaire sans même quitter son pantalon. Puis il m'a tendu la main pour m'aider à me relever. Il était gêné, beaucoup plus que moi. Il m'a demandé si je me sentais bien. J'ai répondu oui et lui ai souri à nouveau. Il m'a prêté son mouchoir. Ma valise était là, à côté de moi.

Il m'a accompagnée à l'embarquement. Nous avons traversé le hall de Fiumicino côte à côte, en silence. J'entendais le bruit des roulettes de ma valise sur le carrelage. J'avais l'impression qu'on nous regardait, mais ce n'était sûrement qu'une impression. J'ai montré ma carte d'identité à l'hôtesse. Elle y a jeté un regard distrait et m'a invitée à passer. Le vigile a pris congé en me serrant la main. Je me suis retournée à l'entrée du tunnel, mais il n'était plus là.

Je sais, c'est incroyable. Dans l'état où j'étais, des hommes avaient encore envie de coucher avec moi. Pas beaucoup, mais quelques-uns oui. Davide bien sûr, et d'autres. Je te dirais même que certains, pas Davide, considéraient mon état comme une chance. Cette année-là, j'ai rencontré des hommes qui voulaient coucher avec moi non pas malgré le fait que j'allais mal, mais parce que j'allais mal. Je les ai presque toujours laissés faire à leur guise. Ils étaient contents. Il leur suffisait de me voir pour comprendre que ce serait un rapport bâclé, comme s'ils se vidaient dans une putain. Ce qui se passait en effet, sans aucune surprise. On baisait le temps qu'il leur fallait et de la façon qu'ils préféraient. Je ne jouissais jamais, ne simulais même pas. Mais ça leur allait comme ça.

Parfois ils ne me baisaient même pas. Ils me touchaient de-ci de-là, sans grand intérêt, sans me déshabiller, ils m'embrassaient violemment dans le cou en me laissant des suçons, puis ils posaient une main sur ma nuque et approchaient ma tête de leur sexe. Au début avec quelques précautions, avant de constater que je n'opposais pas de résistance. Parfois c'était moi qui leur faisais comprendre qu'ils n'avaient pas besoin de se fatiguer à me baiser, que je les prendrais dans ma bouche sans ciller, que c'était le mieux pour moi aussi. Et ces hommes qui considéraient ma fragilité comme un avantage étaient toujours soulagés. Ils m'appuyaient plus fort sur la tête, mais je ne regimbais pas. Ils avaient beau être brutaux, risquer de me faire mal, de m'étouffer, je ne me rebellais pas. C'était un autre exercice d'humiliation. J'ouvrais la bouche et respirais calmement.

Je ne me fatiguais pas, il me semblait que c'était la communication idéale avec ces hommes aussi désespérés que moi. Avec certains c'était vraiment facile. Il s'agissait sans doute d'un désir puissant chez eux et jamais satisfait. Ils jouissaient très vite, ravis. D'autres avaient du mal à se laisser aller et au bout d'un moment, lassés, finissaient tout seuls. En éjaculant dans leur main comme des ados. Le tout durait une dizaine de minutes au maximum.

Puis la plupart d'entre eux filaient droit à la salle de bains avant de se rhabiller en vitesse.

Mais ils ne s'éclipsaient pas. Après on passait souvent du temps ensemble. C'étaient des moments agréables. On allait dîner, on bavardait. L'important pour eux, c'était de considérer l'affaire close, le dossier sexuel expédié. Une fois lavés et habillés, l'offre de prestation épuisée, ils se rassérénaient. Après avoir baisé, ou fait tout comme, ces hommes devenaient meilleurs.

Je n'aurais jamais imaginé avant cette année-là qu'autant d'hommes n'aiment pas faire l'amour. Que, sans souffrir d'aucun handicap particulier, ils pensent au sexe comme à quelque chose de fatigant et embarrassant. Qui est bien après, mais éprouvant pendant.

Bien sûr j'ai couché aussi plusieurs fois avec Davide. Après son départ de la maison, on s'envoyait des textos à longueur de nuit pour se dire des horreurs. Ou bien on se retrouvait au bar où je pleurais et lui criait. On s'abreuvait d'insanités, on se tapait dessus. Mais parfois, on baisait.

Quand on baisait, on se disait qu'on ne se quitterait plus jamais, parce que notre relation était hors du commun. Erreur. Ce n'était plus qu'un champ de ruines. Même baiser ne présentait plus rien d'extraordinaire. Davide s'en allait et je savais qu'il ne reviendrait jamais vivre avec moi. Pourtant, malgré la certitude d'être au bout du bout, j'aurais voulu le retenir, le ligoter. Je voulais que tout finisse sous mes yeux, je ne supportais pas qu'un autre endroit, une autre possibilité lui soient offerts. Il fallait qu'on reste là et qu'on s'étripe pour se dévorer jusqu'au dernier lambeau de bras, d'épaule, de ventre. Comme dans ce film de Matthew Barney que nous avions regardé ensemble, *Drawing Restraint 9*. Où Björk et lui vêtus de somptueux costumes japonais flottent dans une eau laiteuse au fond d'une cale de bateau. Enroulés l'un sur l'autre, ils se coupent des morceaux de chair au couteau et saignent au ralenti.

Quand Davide a découvert ma méthode pour toujours savoir où il se trouvait et qu'il a changé son mot de passe iTunes, j'ai eu la paix pendant quelques jours. Je me suis reposée. La bulle bleue était enfin sortie de ma vie. J'étais épuisée et sur le moment j'ai cru que cela permettrait d'en finir. J'avais été démasquée, je pouvais sortir du bastion de ma folie les mains en l'air et on en resterait là.

Ça a marché un temps. Je n'ai même pas essayé de deviner son nouveau mot de passe. J'avais l'impression de me désintoxiquer. Je passais beaucoup de temps à dormir, je buvais des jus de fruits, je me tenais à distance des applications et sites dangereux. Mais ça n'a pas duré.

Si Davide m'appelait, je n'écoutais pas ses propos, de toute façon nuls et non avenus la plupart du temps. En revanche, je m'étais entraînée à interpréter le ton de sa voix. Je suivais toutes ses petites affaires, je savais donc ce qu'il venait de faire et ce qu'il ferait quand nous aurions raccroché. Grâce à cet exercice, j'ai appris à comprendre s'il avait baisé et avec qui – c'est-à-dire s'il avait baisé avec une femme quelconque ou avec Chien – à la façon dont il me demandait comment ça allait. Je ne me trompais presque jamais.

Quelques jours après l'élimination de la bulle bleue, il m'a appelée. On s'est vus pour prendre le café de la paix, et j'ai compris que son histoire avec Chien passait à la vitesse supérieure. Il se montrait disert et satisfait, bien plus que je ne pouvais le supporter. De retour chez moi, je suis allée sur son compte Facebook.

Parmi ses messages personnels, il y avait trois photos.

C'était une femme, dont on ne voyait pas le visage. Plus précisément on ne voyait que la zone de son corps comprise entre le nombril et les genoux.

C'était la chatte de Chien.

Mon premier sentiment après la sensation de chuter du dixième étage a été de l'admiration. La chatte de Chien avait quelque chose de royal. On aurait dit que quelqu'un s'y était consacré avec talent et abnégation. Elle était nette et élégante, au-delà de tout ce que j'avais déjà vu en matière de sexe féminin. Certes je n'avais pas une grande expérience, mais à mon avis la chatte de Chien pouvait rivaliser avec celles des stars du porno, que je connaissais assez bien. C'était comme si elle avait bénéficié de traitements spéciaux, même si je n'arrivais pas à imaginer lesquels. Des massages ? Des injections de Botox ? Des U.V. ? Je l'ignore. Mais elle possédait une beauté surnaturelle.

Il s'agissait d'autoportraits dont le cadrage impeccable avait dû lui demander un bon moment. Comme je te le disais, la photo montrait la chatte et une partie des cuisses écartées. Chien était assise par terre, son téléphone à la main. Elle ne photographiait pas un reflet dans une glace. Comment avait-elle pu réussir alors qu'elle se photographiait, croyais-je, à l'aveuglette en orientant le téléphone vers sa chatte ? Je découvrirais plus tard que sur certains téléphones – pas le mien – on peut inverser la visée de l'appareil photo et contrôler sur l'écran ce qu'on est en train de photographier.

Le sol avait une drôle de couleur. La lumière aussi était bizarre, violacée. J'ai pensé qu'elle avait obtenu cet effet avec Instagram. Mais ce n'était pas Instagram. Je le sais parce que j'ai essayé. Avec tous les filtres possibles, de 1977 à X-Pro II, mais je n'ai rien produit de comparable aux photos de Chien. J'en ai déduit que ça venait de l'éclairage de la pièce, d'une ampoule spéciale. Mais ce n'était peut-être qu'un coup de bol.

Cette lumière, dont l'origine restait mystérieuse, exaltait le charme de l'anatomie de Chien. Sa main droite tenait le téléphone et était donc invisible. De la main gauche, elle se masturbait.

Pour être plus précise, chaque photo était différente. Ma préférée était celle où les doigts écartaient simplement les lèvres, comme pour inviter le destinataire à regarder à l'intérieur. J'ai regardé. Si longtemps que j'ai fini par être aimantée. Je sentais mes muscles se tendre, mon dos décoller de la chaise. Je regardais ce trou noir comme on examine une preuve, pour découvrir, à force d'insistance, si elle fournit des indices sur l'assassin.

J'ai regardé des heures. Je voulais voir ce qu'avait contemplé Davide, je voulais comprendre ce que cette chatte avait de spécial. Si sa forme était particulière, si elle cachait quelque chose que ni moi ni aucune autre femme ne possédions. Une clochette, une porte vers plus de beauté, plus de force.

S'il y avait quoi que ce soit à trouver là-dedans, je le trouverais. Mais non, rien, pas de mystère, pas de clochette. Seulement l'obscurité, comme chacun sait, cette nuit dont nous sommes issus et dont nous voudrions oublier la réalité : une caverne aux parois molles, un étroit couloir humide. Au bout, les viscères, l'indicible des organes, le ventre et son travail incessant et répugnant.

Alors que je regardais depuis un certain temps déjà, j'ai pensé que, si Chien communiquait ces photos à Davide et pas d'autres, cela devait signifier qu'il aimait cette position, qu'ils en avaient parlé, qu'il lui avait peut-être envoyé un message (pourquoi ne l'avais-je pas intercepté ?) où il lui demandait une photo de sa chatte ouverte de cette façon, les doigts dans cette position.

Le désir est affaire de millimètres. Vous aimez une chose à la folie, mais une autre très semblable pourrait vous repousser. Aimait-il cette position en particulier ou Chien avait-elle pris des libertés ? Avait-elle pioché dans son stock, recyclé une image qui avait déjà servi, qu'elle avait déjà envoyée à un autre homme ? Elle avait peut-être expédié les photos simultanément à plusieurs personnes pour en mesurer les différents effets. C'était bien sûr mon hypothèse préférée. Imaginer que Chien avait beaucoup d'amants et qu'elle leur refilait à tous les mêmes photos.

À l'opposé la possibilité existait qu'elle lui envoie ces photos pour lui dire que sa chatte lui appartenait, et à lui seul. Parce qu'elle n'avait jamais aussi bien baisé qu'avec lui ou, pire encore, parce qu'il lui avait dit qu'il n'avait jamais aussi bien baisé qu'avec elle. C'était l'hypothèse la plus douloureuse.

Mais ce n'était pas seulement parce qu'elle me torturait que je m'y vautrais avec volupté. Dans mon délire paranoïaque, elle m'apparaissait comme l'hypothèse la plus plausible, parce qu'elle prenait appui sur une phrase que Davide avait imprudemment lâchée dans une discussion, qui, comme toutes nos discussions à cette époque, était totalement irrationnelle.

Nous parlions de nous. Pour être plus précis, du dégoût qu'il m'inspirait et réciproquement. Moi avec plus de raffinement et moins d'efficacité, Davide en ressortant les mêmes petites phrases qui, pour des raisons que je serais incapable de t'expliquer aujourd'hui, Vale, me blessaient chaque fois. Comme si nous avions une véritable conversation où il m'expliquait mes défauts, et pas simplement une engueulade carabinée. Je l'avertissais que son comportement était littéralement criminel, puisqu'il devrait bientôt répondre de ma mort. Il prétendait que ma brillante intelligence ne me permettait même pas de comprendre les choses de la vie les plus élémentaires. Davide ne semblait pas éprouver la moindre culpabilité pour le fait que tôt ou tard je mourrais de douleur, si la faim n'y suffisait pas. À quoi il se contentait de riposter – au mépris de l'évidence, puisque j'étais passée en dessous du poids d'un mannequin anglais – que c'étaient des conneries.

En tout cas, pendant une scène dont il ne me reste que des flashes (les cris, les cafés qu'on renverse à force de taper du poing sur la table, moi qui me lève, m'éloigne, puis m'effondre au bout de quelques mètres, tu vois le genre), une phrase s'est gravée dans mon cerveau. Cette phrase, d'après lui, avait été prononcée par un de nos amis communs. Elle concernait sa relation avec Chien.

Déjà il fallait avaler que Davide, en temps ordinaire plus réticent à parler de lui qu'un chef sioux, avait confié son histoire d'amour avec Chien à un de nos amis. Elle comptait donc assez pour qu'il en parle, malgré l'effort que cela exigeait ? Pire encore : qu'avait dû penser de moi notre ami à ce moment-là ? Sans doute que j'étais une pauvre fille, une nana dont le copain, d'habitude muet comme une carpe, était si amoureux d'une autre qu'il ne pouvait s'empêcher de le crier sur les toits. Lesté de cette piètre opinion de moi, au lieu de dire que Davide était fou, qu'il faisait une bêtise et que de cette façon il allait me perdre, moi la meilleure femme qui pouvait arriver dans sa vie, bref tout ce que serait censé déclarer l'ami d'un couple, il avait prononcé la phrase en question. Celle qui, quand Davide me l'a rapportée, a eu définitivement raison de mes nerfs.

Inutile de se demander pourquoi Davide me l'a répétée ou si la phrase a vraiment été prononcée par notre ami et dans ces termes. En voyant ma réaction, Davide a fait des pieds et des mains pour la retirer, la rectifier, nier même l'avoir dite. Comme je te l'expliquais, Vale, il ne s'agissait pas d'un échange de considérations sur l'opportunité de continuer ou pas notre relation. Nous ne sommes pas ici sur le terrain de la réalité, mais dans un monde de formules magiques, de poupées vaudou, de fantômes.

La phrase était : quand on a la chance de trouver une nana avec qui on aime autant baiser, on ne revient pas en arrière. À peu de chose près. En me la répétant, Davide n'a peut-être pas employé quand on a la chance, parce que ce n'est pas son style. Mais ce pourrait être celui de notre ami, ce sale con. Qui voyait en moi une pauvre fille. Tu as eu ce coup de chance, tu ne veux quand même pas retourner avec cette pauvre fille après avoir goûté le paradis ?

Tous les êtres humains pensent que les autres font mieux l'amour. À part Rocco Siffredi ou la Cicciolina, tous les êtres humains qui ne sont pas des professionnels du sexe et ne disposent pas d'une évaluation de leurs prestations en termes d'audience pensent qu'ils ne sont pas assez capables, audacieux, inventifs, énergiques. Les femmes aussi, bien que pour des questions biologiques notre participation se prête moins à la performance.

Je ne parle pas de beauté ou d'attributs physiques. Ce n'est pas seulement une histoire de j'ai pas de poitrine, les seins qui tombent, un gros cul, de la cellulite sur les cuisses, ou la mienne est grosse, la mienne est petite, la mienne est tordue. C'est surtout : est-ce que je suis un bon coup ? Ou un coup médiocre, rien de mémorable ? Et cette fille aux longues jambes à la table d'à côté, baise-t-elle mieux que moi ? Et que veut dire exactement bien baiser ?

Quelles performances réalisait Chien, dont j'étais et serais toujours incapable ? On y était. Je touchais là le centre exact de la douleur. Là, ça faisait mal comme nulle part ailleurs. Je pouvais effleurer cette pensée, mais pas plus. Il fallait vite que je l'abandonne. N'en prenne que de petites gorgées. Très peu, avant de m'écrouler.

Sur une autre photo, Chien posait sa main ouverte sur sa chatte – elle a de très grandes mains aux longs doigts noueux comme certains singes – et enfilait deux doigts à l'intérieur. L'index et le majeur. Donc d'un strict point de vue technique elle ne se masturbait pas.

Je me demandais quel message elle souhaitait envoyer à Davide avec cette photo.

Le plus simple : cette chatte est à toi, ne l'oublie pas.

Ou bien : voilà ce que je fais avec ma chatte quand je pense à toi. J'y enfonce les doigts, je l'ouvre, j'imagine la forme, le moule de ta queue quand elle me pénètre et que mes muscles se referment autour d'elle.

Ou bien encore : dépêche-toi de venir me voir, je ne peux pas résister et donc, en t'attendant, je me masturbe.

Ou encore : tu sais ce dont je suis capable avec ma chatte. Vois à ne pas la négliger ou elle proposera à une autre queue les attentions qu'elle accorde à la tienne.

Ou rien de tout ça.

Ces images étaient trop parfaites, trop silencieuses pour être pensées en fonction d'un désir brut. D'après moi, elle voulait éblouir Davide. Le surprendre, faire en sorte qu'il pense à elle comme à une décharge électrique.

Elle souhaitait plus son admiration que son désir.

À Florence, au musée de la Specola, on peut voir une reproduction de corps féminin en cire. On l'appelle la *Vénus des Médicis*, parce que sa fonction de modèle anatomique ne l'empêche pas d'être très sensuelle. Son auteur est Clemente Susini, un modeleur du XVIIIe qui réalisait des copies du corps humain à partir de cadavres disséqués.

Cette Vénus est allongée sur un coussin dans une vitrine, les cheveux lâchés, les jambes légèrement repliées, les bras allongés et les doigts qui semblent serrer le coussin. Son attitude évoque le plaisir. Le visage aux lèvres rouges s'abandonne comme après l'orgasme. Elle porte un collier de perles sur une superbe poitrine d'adolescente. Mais cette Vénus est une boîte, son ventre s'ouvre, découvrant tous les organes. Quand on soulève le couvercle, les viscères se déversent comme si une explosion l'avait déchirée.

Voilà, la chatte de Chien, dans sa perfection aseptique, me rappelait un peu la *Vénus des Médicis*. Un modèle anatomique à usage scientifique.

Jusque-là je n'avais aucune idée de l'aspect de ma chatte. Je ne m'étais jamais souciée de savoir si elle ressemblait aux autres, si on pouvait la qualifier de belle ou de moche, d'exceptionnelle ou de normale.

Les femmes ne se mesurent pas la chatte entre elles comme les hommes leur queue. Dans les vestiaires, ce sont leurs seins que les adolescentes comparent. Avec la puberté et les premières règles, la chatte se couvre de poils et disparaît. On sait qu'elle est là, on la sent bien, tout le temps, mais on ne la voit pas. On n'a jamais l'idée de vérifier si elle a vieilli, si elle a besoin de quelque chose. Moi du moins je n'y avais jamais pensé jusqu'au moment où j'ai vu celle de Chien.

Qu'avait-elle de différent, pourquoi était-elle si belle ?

Après l'avoir contemplée de nombreuses heures, après avoir vu entre ses cuisses tout le possible, depuis ma mort jusqu'à l'accouchement de moi-même, j'ai décidé que pour percer le secret je devais essayer.

Je photographierais ma chatte.

Les premiers résultats ont été désastreux. Je me photographiais sans regarder, je plaçais mon téléphone devant mes jambes écartées et appuyais sur le déclencheur au petit bonheur la chance. La plupart du temps je ne cadrais rien ou des portions de cuisse au hasard. Mais deux ou trois photos mieux centrées m'apprirent tout de suite que la première chose à faire était de m'épiler. Intégralement. En l'état, je n'obtiendrais aucune photo décente, ce n'était pas la peine de continuer.

Je me suis épilée. Après un bain, quand la peau est plus douce, j'ai coupé. D'abord j'ai raccourci les poils aux ciseaux, puis j'ai utilisé le rasoir, en y allant doucement, parce que j'avais peur. Peur de me faire mal, mais aussi de ce que j'allais trouver là-dessous.

Il m'a fallu longtemps et, même s'il m'en coûte de l'admettre, ce fut une sorte de rite. Dans un mouvement concentrique, j'ai enlevé le duvet qui cachait les lèvres, le clitoris, jusqu'au moment où ma chair est apparue, toute pâle. Le rasoir me chatouillait et je sentais une fraîcheur comme quand on se coupe les cheveux dans la nuque.

Je me suis longuement regardée dans la glace et j'ai compris soudain que la chatte de Chien n'avait rien de spécial : elle était épilée, ni plus ni moins.

J'étais prête pour une nouvelle séance photo.

Je lui ai consacré un véritable reportage. J'ai choisi certaines images que j'ai archivées dans iPhoto à côté de celles de Chien. Au bout de quelques jours, je me suis enhardie et je les ai envoyées à des hommes, trois ou quatre, qui à différentes périodes de ma vie avaient été des amants assidus. Ils les ont appréciées, mais pas plus que d'autres photos que je leur avais envoyées par le passé. Des photos vagues et sans grâce, antérieures à l'épilation rituelle. Personne n'a réagi avec l'enthousiasme que j'avais éprouvé devant les photos de Chien. Pas d'épiphanie chez personne.

La première raison est évidente : beauté et désir ne sont pas superposables, ni même complices souvent. Et l'élégance encore moins, qui n'influe pas sur l'envie brute de baiser avec quelqu'un. J'avais réagi de cette façon aux photos de Chien parce que je me plaçais sur un plan purement esthétique. Je n'étais pas en mesure de juger si elles étaient excitantes et à quel degré.

Mais il y avait autre chose. En matière de sexting, l'important n'est pas d'échanger les meilleures photos, les plus cochonnes ou les plus artistiques. Ces trafics de photos ne servent pas tant à accumuler des images sur lesquelles s'exciter, ni à nourrir le souvenir d'une partie du corps désiré, qu'à signifier sa disponibilité ou à la prolonger. Faire du sexting sert à dire je suis toujours là, je t'envoie des photos de moi et donc je coucherai avec toi encore et encore.

En envoyant des photos de ma superbe chatte épilée à des hommes que je ne voyais plus depuis un certain temps et ne reverrais peut-être pas avant longtemps, je pensais que le sexting n'est pas très différent du coup de fil à ses parents. Bonjour, c'est moi. Tout va bien ? Tout va bien. Bon, on se parlera plus longuement bientôt. Entendu. Au revoir. Quand vous ne pouvez pas aller voir vos parents, vous les appelez. Vous ne dites rien de particulier, vous les appelez, c'est tout. Et une fois que vous les avez appelés, vous n'avez plus besoin d'aller les voir. Pendant deux jours, une semaine, un mois, tout dépend de vos relations. Vous les appelez parce que vous n'irez pas.

L'envoi de photos peut se substituer aux rapports sexuels. Envoie-moi des photos de toi, et je pourrai me passer de toi. Je les garderai sur mon téléphone, dans mon ordinateur, je n'aurai même pas besoin de les regarder. Le seul fait d'en disposer me procurera assez de plaisir pour renoncer sans problème à coucher avec toi si la chose s'avère trop difficile ou demande trop d'efforts.

Je sais ce que tu penses, Vale. Qu'arrivée à cette étape du raisonnement, j'aurais pu pousser un soupir de soulagement. Si ces photos ne témoignaient de rien de spécial, si tout le monde envoyait des photos juste parce que c'est facile, eux deux, Davide et Chien, n'avaient rien de spécial. Leur façon de faire l'amour n'avait rien de spécial, ni leur histoire, ni la chatte de Chien. Mieux encore : si le sexting remplace les rapports sexuels et ne les intensifie pas, on pouvait supposer qu'ils ne baisaient même pas ou du moins ne baisaient pas ces jours-là. Elle était peut-être partie ou avait une maladie contagieuse.

C'était un syllogisme élémentaire, mais impossible à formuler pour moi. Je n'en avais pas les moyens. Si j'avais pensé que Davide et Chien vivaient une aventure normale, rien de ce que je te raconte ne serait arrivé. J'étais convaincue du contraire, à savoir qu'ils vivaient, et par conséquent moi aussi, quelque chose d'inédit, de jamais vu sur Terre. Que j'étais confrontée au spectre de l'amour absolu, hors norme, monstrueux. Que j'étais le premier être humain depuis l'âge des cavernes à me trouver face au monstre. Et qu'il me faudrait l'affronter seule.

Avant de m'endormir, presque toujours fin saoule, je pensais souvent au monstre sans nom inventé par une jeune fille de dix-sept ans, Mary Shelley. Ce géant mélancolique qui erre à travers le monde en quête de réponses à ses questions. Personne ne lui a rien expliqué, ce qu'est une mère, ce que sont les mots.

Victor Frankenstein, un jeune Suisse arrogant, est parti étudier les sciences naturelles à Ingolstadt ; il a fouillé parmi les tombes, dans le laboratoire d'anatomie, assemblant des organes et des lambeaux de peau putrides, disparates. Lui qui voulait créer la vie, allumer l'étincelle, a engendré un monstre, un être horrible, énorme, difforme. Modelé dans les ténèbres et enfanté par la suffisance. Dégoûté par sa propre créature, Frankenstein ne lui donne même pas de nom.

Pauvre monstre, pensais-je. Ce n'est pas vrai que dès son réveil, en se levant de la table d'opération où il vient de naître, il essaie d'étrangler son créateur. Il a peur, voilà tout. Son unique faute, ce sont ses terribles yeux aqueux, vides. Cette créature est sans âme, décrète Victor Frankenstein quand le monstre soulève les paupières. Aucune force morale ne contiendra la puissance de ses muscles, ne freinera le corps gigantesque que je lui ai façonné. Et devant ces considérations, comment réagit-il ? Il prend la poudre d'escampette. D'abord il le met au monde, puis il déguerpit.

« J'avais désiré cet objet avec une ardeur qui allait bien au-delà de ce qu'accepte la modération ; mais, maintenant que j'en avais terminé, la beauté du rêve avait disparu et une horreur et un dégoût à couper le souffle m'emplissaient le cœur. Incapable de supporter la vue de l'être que j'avais créé, je quittai précipitamment la pièce et restai longtemps à arpenter ma chambre à coucher, incapable de me calmer et de trouver le sommeil. »

Pauvre monstre. Il n'est pas né, n'a pas grandi : c'est un cadavre cousu de cicatrices, il est venu à la vie pour une expérience. Personne n'est comme lui, il ignore tout et ne peut se refléter dans aucune expérience. Son mentor aurait dû être le jeune homme qui tout au contraire se débine et le laisse déambuler affamé et désespéré à travers le monde. Qui sinon son créateur aurait dû lui apprendre le bien et le mal ? Petit salaud de Frankenstein, lâche et prétentieux.

Le monstre est innocent, pensais-je saoule dans mon lit où j'attendais le sommeil avec la tête qui tournait.

Moi aussi, comme Frankenstein, j'avais défié la vie et créé un monstre. Je lui avais donné souffle et muscles. Pourquoi ? Pourquoi avais-je créé un monstre quand j'avais déjà un ennemi tout prêt ? Il y avait Davide, pourquoi aller chercher Chien ?

Voici l'explication que j'ai trouvée, Vale : si je l'avais choisi lui, si en bonne logique j'avais attribué à Davide, et pas à Chien, la responsabilité de ce qui se passait, j'aurais dû renoncer à lui. Peut-être pas pour toujours, mais pendant une période. Le temps de tout oublier. Et je n'arrivais même pas à concevoir que je traverserais toute cette douleur sans lui, sans pouvoir me raccrocher à lui au moins dans certains cas. Alors même qu'il en était la cause pour partie.

C'est pour cela que j'ai construit un monstre. Et j'ai chargé de toutes les responsabilités le pauvre monstre construit avec les miettes de mon intelligence, puis je lui ai ordonné va-t'en, tu me fais horreur. Mais il est resté là. Où pouvait aller un monstre ? C'était le mien, le mien pour toujours.

Et même s'il était parti, il serait revenu. Le monstre revient toujours parce que ce qu'il désire avant tout, c'est vous voir souffrir. La seule solution, c'est la mort d'un des deux.

Ainsi le moment est venu où j'ai imaginé comme le docteur Frankenstein que je pourrais tuer Chien. Avant qu'elle ne me tue.

Je l'ai envisagé sérieusement. Je voulais tuer Chien parce que ça me semblait la seule façon de ne plus penser à elle, c'est-à-dire la seule façon de survivre, de recommencer à manger et à dormir. Il fallait que je sois sûre qu'elle ne boirait plus jamais un verre de vin à une terrasse où j'aurais pu la rencontrer, ne téléphonerait plus jamais à Davide, ne lui écrirait plus jamais. Il fallait que je sache qu'elle ne lui enverrait plus jamais de photo de sa chatte. La condition à laquelle je pouvais réintégrer la normalité était que Chien n'existe plus, nulle part. Qu'elle soit morte.

Je me suis demandé qui pourrait m'aider. Mais la seule personne qui me venait à l'esprit était Davide. Et j'avais beau ruminer pendant des heures il faut que je la tue et donc il faut que je paie quelqu'un pour le faire, je soupçonnais que demander un coup de main à Davide pour tuer Chien n'était pas la bonne idée.

Ayant écarté l'hypothèse de l'homicide, mais refusant d'abandonner la seule perspective qui aurait pu m'affranchir de mon obsession, c'est-à-dire savoir que Chien avait disparu de la surface de la Terre, pendant des semaines je me suis concentrée pour qu'elle attrape une maladie redoutable. Un truc qui la conduirait à une mort hideuse au terme d'atroces souffrances, le visage et le corps ravagés de telle sorte que personne n'aimerait se souvenir de sa dernière image. Pour obtenir que cette terrible maladie la frappe, il fallait que je me concentre sur son corps en choisissant une partie sur laquelle intervenir. Une sorte de vaudou virtuel. Dans ce cas, on fabrique un fétiche, une petite poupée à l'effigie de Chien qu'on torture en la transperçant en des points névralgiques qui provoqueront les souffrances souhaitées. Pour ma part, je procédais de mémoire.

J'essayais de visualiser ce que je savais de son corps. Si j'ignorais presque tout de son visage, je connaissais sa chatte par cœur. Je dirigeais donc ma magie noire contre ses parties génitales. Les yeux fermés, plusieurs fois par jour, je me concentrais pour qu'elle attrape toutes les maladies vénériennes possibles et imaginables, surtout celles qui rendent les rapports sexuels impossibles ou très douloureux. Je formais des vœux pour que des bulles de pus éclosent sur son col de l'utérus, que des fissures apparaissent sur ses grandes lèvres et se transforment en ulcérations purulentes, qu'elle développe des kystes, des fistules, des cloques, que la zone entre les ovaires et l'anus explose de tout ce que le corps peut produire de plus infect. Et qu'à partir de là, de cette partie de son corps avec lequel elle avait brisé ma vie, se propage un mal inexorable et irrésistible qui la conduirait à une mort lente, cruelle et dégradante. Comparée au coup de pistolet, la maladie avait l'avantage de manquer de panache et de réduire le corps à l'état de loque. Et ce n'était pas un mince avantage, puisque les deux seules choses qui comptent pour Davide sont justement le panache et la beauté. J'étais sûre que si Chien claquait dans une chambre d'hosto, pauvre amas de chairs martyrisées, il l'oublierait plus facilement.

Comment Davide réagirait-il à la mort de Chien ? Si un tueur à gages l'assassinait, il ferait d'elle son idéal féminin. Si ce tueur était moi, il ferait de toutes les deux son idéal féminin. Mais si elle dépérissait jusqu'à devenir une créature maigre et chauve qui affronte, avec ou sans dignité, sa fin ? C'était mieux, beaucoup mieux.

Combien de temps ai-je consacré à ces pratiques délirantes ? Beaucoup plus que tu ne l'imagines, Vale. J'en avais. La nuit, je dormais très peu et pensais à Chien non-stop, à Davide avec Chien. À ce qu'ils étaient en train de faire. L'amour, avant tout. J'imaginais qu'ils faisaient merveilleusement l'amour à longueur de nuit. Je creusais cette pensée jusqu'à ce qu'elle devienne une douleur physique, une nausée de plus en plus violente. Alors je me levais et je vomissais. Puis je me remettais au lit et c'était le meilleur moment. Je réussissais même à dormir quelques heures. Mais dès que je me réveillais, le monstre était là de nouveau.

Pensais-je vraiment qu'en me concentrant sur sa persécution je parviendrais à la rendre malade, que mon énergie pourrait agir sur ses cellules ? Une partie de moi le croyait, je l'avoue. Non parce que j'attribue à la pensée une mystérieuse puissance, mais parce que tout ce qui atteint une température émotionnelle aussi élevée produit inévitablement quelque chose d'autre. Comme deux bâtons qu'on frotte.

Quand je fermais les yeux et que je me concentrais pour faire éclore une tumeur maligne chez Chien par la seule force de mon désir, une part de moi, une part bien cachée, imaginait le moment où je le raconterais à Davide, la seule personne avec qui je pouvais partager un tel niveau de stupidité. Et à son habitude, il se moquerait de moi. Comme lorsque je décrétais que certaines gélules de fruits ou de plantes ou des médicaments homéopathiques que je me prescrivais toute seule étaient le remède parfait pour un trouble physique dont je ne souffrais pas. Sa goguenardise avait mis fin à la plupart de mes fixations névrotiques.

Davide me guérirait-il aussi de celle-ci ? Suffisait-il qu'il m'apporte la tête de Chien sur un plateau ? Non, j'étais allée trop loin. Aucune intervention de Davide ne rattraperait la situation, m'ouvrant le chemin de la guérison. Maintenant c'était à moi de jouer.

Tu te souviens de la scène que je t'ai racontée, au cabinet d'Alessandro, mon ami avocat ? J'y étais allée pour une histoire de pénalités fiscales, les joyeusetés habituelles. J'avais fondu en larmes dans les toilettes après avoir parlé avec cette cliente qui portait un foulard.

Alessandro est un ami d'enfance. Je crois que tu ne l'as jamais vu, Vale, je me trompe ? Un peu plus jeune que moi, les cheveux bouclés. Les hommes bouclés sont une catégorie intéressante. Adultes, ils gardent souvent le tic d'entortiller une mèche autour de leur doigt. Alessandro est tout frisé, poivre et sel, mais il a une bonne masse de cheveux. Il ne les entortille pas autour de son doigt, mais c'est tout comme. Bref, on dirait un gamin.

C'est un nerveux, qui a une drôle d'habitude : quand il parle, il se lève et arpente la pièce. Il slalome entre la table, les chaises, le fauteuil, le ficus et le yucca de son bureau comme un saumon à coups de nageoire caudale. C'est sa façon de se concentrer. Quand il a assez de place, il se livre à ces virevoltes étonnantes. En appui sur une jambe. Une sorte de ballet.

Il a une belle voix et sait se taire quand vous lui parlez. Il vous regarde et vous écoute. Quelle merveille, ces hommes qui savent écouter sans rien faire, qui savent vous regarder sans parler. Je crois qu'on s'est toujours plu. Chaque fois, on se prête à un petit rituel de séduction joyeux, laissant des phrases en suspens et échangeant des regards comiques pleins de sous-entendus.

Ce jour-là, le jour où j'ai pleuré, il m'a demandé ce que j'avais et j'ai raconté : la séparation, Davide, sans entrer dans les détails. Je lui ai dit que c'était compliqué, mais que ça allait, que j'étais juste un peu fatiguée. Il me regardait en silence.

« Je peux fumer ?

– Bien sûr. »

Il a allumé une cigarette lui aussi, puis s'est livré à son ballet de saumon autour de moi pour m'expliquer comment nous allions procéder pour les papiers que je lui apportais. C'était une pénalité de plus de dix mille euros pour un loupé que mon comptable et moi étions certains de ne pas avoir commis. Un micmac dans mes impôts sur le revenu de 2002 dont je te fais grâce. Je l'écoutais, sans réussir à me concentrer.

Alessandro parlait, fumait, donnait de la nageoire caudale, et j'entendais sa voix de plus en plus lointaine, puis son image aussi s'est estompée. Comme le souvenir de Clementine dans le cerveau de Joel, quand la Lacuna Inc. l'efface. J'étais assise dans le fauteuil du bureau d'Alessandro, mais en pensée je gesticulais et criais. Pour tenter de retenir le souvenir de Davide, d'empêcher qu'il disparaisse. Je tremblais peut-être, j'ai sursauté, de toute façon j'ai dû avoir un geste incongru.

« Anna, ça va ?

– Oui, oui. Pourrais-tu t'asseoir, s'il te plaît ? Je suis un peu nauséeuse. »

Il a ri. Il a aussi un beau rire.

Je vivais une hallucination continuelle, un cauchemar paranoïaque. La réalité devenait floue pour laisser passer au premier plan ce que mon cerveau malade considérait comme plus vrai. Une sensation inédite pour moi. Les gens me parlaient et j'imaginais qu'ils avaient une autre idée derrière la tête. Qu'ils sous-entendaient des accusations, des avertissements.

Dans mon nouveau bar – je ne voulais plus fréquenter celui où nous allions avec Davide pour ne pas avoir à fournir d'explications –, je rencontrais souvent un vieux monsieur. On s'asseyait à la même table, avec un café. Un jour, il m'a dit qu'il était agent du Mossad. Les jours suivants, il a ajouté des détails. Beaucoup de choses que normalement on ne comprend pas dans notre propre vie nous échappent parce qu'il s'agit d'enquêtes secrètes, affirmait-il. Quelqu'un enquête sur nous et provoque des situations visant à nous mettre à l'épreuve. Par exemple l'amour. On croit que c'est une histoire entre cette personne et nous, alors qu'il s'agit d'une couverture. Pas toujours, bien sûr, mais ça peut arriver. Ah bon, ai-je répondu, parce qu'il m'est arrivé que... Non, a-t-il dit, il vaut mieux que tu ne me racontes rien. Tu crois que tu peux me faire confiance, mais je suis un agent du Mossad, avant d'être la personne respectable assise en face de toi à cette table, tu comprends ?

Quand ce vieux type m'a déclaré que mon désastre sentimental pouvait être une action sous couverture, je n'ai pas pensé qu'il était fou. Je n'ai pas pensé non plus qu'il avait raison, d'accord, mais je ne l'ai pas exclu. Tu te rends compte, Vale ?

J'aurais peut-être dû entamer une psychanalyse, comme tout le monde. Je me serais peut-être arrêtée plus tôt et une grande partie de ce que je te raconte ne se serait pas passé. Mais je n'ai pas pris cette option.

Les quelques personnes qui étaient restées proches de moi à cette époque ne savaient plus à quel saint se vouer, je le voyais bien. Mon frère par exemple. Je l'appelais et fondais en larmes dans la seconde qui suivait, pendant qu'il se demandait comment il devait réagir.

« Il faut que tu fasses quelque chose, Anna.

— Quoi ? Tu as une suggestion ?

— Sors.

— Je sors. Tous les soirs.

— C'est bien.

— C'est super. Je me bourre la gueule. Après je rentre, je m'écroule sur mon lit et je sombre pour quelques heures. Je vomis. Je me rendors. À quatre heures, je me réveille. Tout habillée, en nage, je ne sais plus qui je suis. Et pas moyen de refermer l'œil jusqu'au matin.

– Lève-toi, regarde la télé…

– Je n'ai pas la télé. Je reste au lit avec mes suées, et je pense. Toujours la même chose. Où est-il, que fait-il. Elle baise mieux que moi.

– Qui, elle ?

– Chien.

– Qui ?

– Non, rien.

– Anna, je t'en prie, arrête.

– Impossible. C'est une maladie. Ça porte un nom : névrose anankastique. Au lieu de passer à autre chose, le cerveau tourne en rond. On croit raisonner et en réalité on se mord la queue. Toutes les deux minutes, la même pensée revient, ou le même geste. Tel le poisson rouge dans son bocal. Pendant des heures, des jours, des mois. Rivé au même endroit comme un derviche fou. Encore un tour, et un tour, et un tour. Je pense que tôt ou tard ces images qui repassent sans arrêt sous mes yeux s'évanouiront. Elles perdront en netteté et disparaîtront, brûlées de l'intérieur. Si je n'arrive pas à m'éloigner, je finirai bien par réussir à épuiser cette saloperie d'obsession, à la vider. »

J'étais convaincue que la bonne méthode consistait à ne jamais me laisser distraire, à ne pas risquer un pas dans une autre direction. Si vous donnez du mou à votre otage, cet objet répugnant que vous surveillez chaque nuit sans relâche, vous perdrez tout le bénéfice acquis. Vous restez là obstinément. Tôt ou tard, il disparaîtra tout seul.

Un jour, mon frère a pris son courage à deux mains et m'a suggéré de me faire aider. Toi aussi à un moment, tu as parlé d'analyse. Tu te souviens ? Pourtant, Vale, toi et moi, nous haïssions la psychanalyse.

L'analyse ne vous guérit pas et fait de vous un sale égoïste. Il n'y a qu'une façon d'aller mieux : oublier, s'oublier. S'occuper des autres, de ce qui se passe autour. Jeter à nouveau sa vie dans le monde. Or l'analyse place dans la situation contraire. Payer quelqu'un pour qu'il écoute, c'est à frémir, non ? Allez servir la soupe populaire, lavez les fesses des vieux, jouez du tambourin pour faire danser les enfants des réfugiés dans les centres d'hébergement. Ou prenez votre scooter direction le centre-ville, n'importe où. Même s'acheter une paire de chaussures vaut mieux que consulter un psychanalyste.

Mais tu sais combien de fois il m'est arrivé de décadenasser mon scooter et de rester ainsi, la chaîne à la main pendant cinq minutes, avant de fondre en larmes et de décider de la rattacher, parce que de toute façon je serais incapable d'aller nulle part ?

Je me demande d'où tu sortais le numéro de téléphone de ce « lacanien mais sympathique », que tu m'avais envoyé par texto. Tu t'en souviens, Vale ?

Ton message était un modèle du genre, tu avais dû te creuser les méninges. Lacanien mais sympathique. Je t'ai déjà dit que je t'aime, Vale ? En tout cas, je ne l'ai pas appelé. Ni lui ni aucun autre.

En revanche, j'ai pris sept Xanax et demi en tout. C'est cet ami, tu vois qui je veux dire, qui me les a fournis. Personne ne doit savoir que je t'en ai donné, vu ? a-t-il insisté.

L'insomnie me rendait folle. Il aurait mieux valu des cachets pour dormir, je sais, mais je ne connaissais aucun somnifère. Je n'aurais jamais pu me faire prescrire un médicament inconnu et l'avaler en confiance. Tandis que ce nom, Xanax, m'était familier, comme à tout le monde. On annonce je prends du Xanax et on a le sentiment d'appartenir à une communauté. Et je souhaitais plus que tout me sentir comme les autres, reconquérir une place dans la société civile. Tout le monde prend du Xanax et personne n'en est mort, ces gens continuent d'aller en vacances à Capalbio et d'acheter *la Repubblica*. Je serai sage, je ne pleurerai plus, ne me chassez pas. Je n'arrive pas à aller chez le psy lacanien, mais je prendrai mon Xanax, je le jure.

Le Xanax, comme tous les produits connus, marche bien. Il dissout l'angoisse. Et même assez vite. Je le prenais le soir, un demi-comprimé. On m'avait recommandé de ne pas boire d'alcool en même temps. L'ami qui me l'avait procuré n'était pas tranquille, il craignait que je m'expose à un AVC ou un infarctus en faisant des mélanges. Ou que je m'en serve pour me suicider. Nous étions allés ensemble à sa pharmacie habituelle où il obtenait tout ce qu'il voulait sans ordonnance. Il m'avait donné la boîte entière, mais il n'était pas tranquille, ça se voyait. Il aurait préféré me passer les comprimés par deux ou trois. Je ne me tuerai pas, lui avais-je promis en pleurant, ne t'inquiète pas. Ne fais pas de bêtise, m'avait-il répondu pas rassuré pour un sou, ne bois pas par-dessus.

Le Xanax avait amélioré mes nuits. Je ne dormais pas beaucoup plus, quelques heures en pointillé, mais j'étais plus calme. Le problème désormais, c'étaient les journées. Le Xanax balayait l'angoisse et toutes mes pensées avec, bonnes et mauvaises dans le même sac. Je me sentais hébétée, comme ces gosses atteints de terribles maladies du cerveau, qui se balancent tout le temps. J'avais l'impression de baver quand je parlais. Je me trompais de route en scooter, je regardais l'écran de mon téléphone incapable de me souvenir qui je devais appeler. J'ai oublié deux fois mes clés à l'intérieur de l'appartement. C'était dû en partie au Xanax, mais aussi au fait que, malgré les mises en garde de mon ami, je buvais en même temps, et pas qu'un peu. Pendant plusieurs semaines, je me suis défoncée à la grappa et au Xanax. Et je suis toujours en vie.

Certains après-midi, épuisée par la chaleur et ma grotesque toxicomanie, je me demandais sans trop d'appréhension si j'allais mourir. Le mélange d'alcool et de benzodiazépine me ferait-il glisser de ces endormissements agités vers une mort miséricordieuse ?

Pourtant je n'ai jamais envisagé de me suicider. La nuit je restais des heures à ma fenêtre, imaginant la mer à l'horizon et regardant l'aube grandir sur la pointe de la pyramide de Cestius. J'avais toujours en tête cette phrase de John Irving devenue mon mantra dans l'adolescence, quand j'avais lu *Hôtel New Hampshire*. Quoi qu'il arrive, passe ton chemin devant les fenêtres ouvertes.

Je n'ai pas sauté, je n'ai pas ingurgité la boîte de Xanax d'un coup, je n'ai même pas traversé la rue en courant les yeux fermés.

Quelques mois après ma visite à son cabinet, Alessandro m'a téléphoné pour m'informer qu'il avait réussi à régler mon problème. Tu ne vas pas me croire, Vale, mais quelqu'un en copiant ma déclaration de revenus avait ajouté un zéro par erreur, ce qui avait provoqué une cascade d'incohérences et abouti à une présomption de fraude fiscale.

« Donc tout est en ordre ?

– Absolument. On peut fêter ça. Comment va le moral ? Tu serais partante pour un petit dîner ?

– Oui. Je vais beaucoup mieux.

– Je l'ai rencontré, tu sais.

– Qui ?

– Ton ex. »

Alessandro avait fait la connaissance de Davide quelques années auparavant. Il savait que je vivais avec un garagiste et il m'avait appelée quand son scooter était tombé en panne. Davide l'avait dépanné. Puis ils avaient eu un différend, à propos du même scooter. Alessandro avait accueilli avec soulagement la nouvelle de notre séparation. Et avec incrédulité l'étendue de mon désespoir.

Je crois qu'il en a parlé pour ça, pour me réveiller. Il se comportait comme ces coaches qui vous hurlent aux oreilles pour vous faire marcher sur des charbons ardents. Il me piquait au vif pour me secouer, me montrer que j'exagérais. Ou peut-être n'avait-il pas pris la mesure de mon état.

« Il était avec une femme.

– Ah oui ? »

J'ai répondu en contractant les muscles de mes mâchoires. Que pouvais-je faire en la circonstance ? Simuler un malaise, raccrocher, lui dire oui, je sais, il est avec quelqu'un, changer de sujet ? Mais j'ai lâché ce ah oui qui a dû lui sembler une invitation à continuer. Ou du moins pas l'ordre impérieux de se taire.

« Je la connais. Elle travaille dans un magasin à Campo de' Fiori, une boutique de fripes.

– Ah oui ?

– Une grande perche toute maigre, genre la femme de Popeye. Pas vilaine. Mais tu as déjà dû la croiser.

– Ah oui ?

– Elle se balade toujours avec un chien sous le bras, tu sais ces petits chiens.

– Chien.

– Comment ?

– Non, rien.

– Ça va ?

– Bien sûr, j'étais au courant. Davide me l'a dit. On a de bonnes relations lui et moi, c'est apaisé maintenant, on se dit tout.

– Tu m'en vois ravi. Ça n'en valait vraiment pas la peine. Ça ne vaut pas la peine d'en baver autant. On se quitte, l'amour a une fin.

– En effet. »

On se quitte, l'amour a une fin.

J'avais une bouteille de whisky à la maison. Après ce coup de fil, je l'ai vidée, un verre après l'autre. Je l'ai finie à dix heures du matin, et j'ai roulé par terre au milieu du salon. La veille au soir, j'avais pris un demi-Xanax. J'avais passé une de ces soirées cauchemardesques où mon cœur éclatait d'angoisse.

Je me suis réveillée quelques heures plus tard, allongée sur le parquet. Impossible de me relever. J'avais soif, mes muscles étaient tout mous et mon corps me semblait immense. Et chaud comme celui d'un chien à la chasse. J'avais besoin de boire un peu d'eau, mais il aurait fallu que je puisse me relever. Je croyais que j'avais fini par faire ce fameux infarctus que redoutait mon ami. J'ai fermé les yeux.

Je me suis réveillée de nouveau. Dehors il faisait nuit. J'étais pelotonnée sur le sol. Pour la première fois depuis le début de cette histoire, j'ai cru que j'allais y rester. J'étais au bout du rouleau, incapable de me remettre sur mes pieds. Mes bras et mes jambes étaient comme détachés de mon tronc, ils ne m'obéissaient plus. Je me sentais un tas de vieilleries mises au rebut, une loque.

Depuis combien de temps étais-je dans cet état ? Il me semblait que je n'en sortirais plus jamais. J'ai dû rester là, recroquevillée sur le parquet, au moins vingt-quatre heures. Le téléphone sonnait, j'entendais les alertes mails de l'ordinateur, les activités de la vie quotidienne se déroulaient à côté de l'épave que j'étais devenue, échouée comme une baleine. Je suis peut-être dans le coma, ai-je pensé à un moment. Je te voyais, Vale, me rendre visite à l'hôpital et t'asseoir à mon chevet. Tu me mettais un casque avec *Pezzi di vetro* de De Gregori en boucle, dans l'espoir de me faire revenir.

La dernière fois que je me suis réveillée, j'étais dans mon lit. J'ignorais comment j'y avais atterri, mais j'étais couchée tout habillée. Lentement, je me suis levée pour aller prendre une douche. Je me suis déshabillée. Je me suis regardée dans la glace en pied. Depuis quand cela ne m'était-il plus arrivé ? J'avais les yeux gonflés et un teint de déterrée. Je me souviens d'une ride profonde au milieu de mon front, si profonde que je n'arrivais pas à l'aplanir avec le doigt. J'avais les cheveux courts. Je les avais coupés quand Davide était parti la première fois. Je ne me reconnaissais pas. Je les ai toujours portés longs.

J'étais maigre, cheveux courts.

Qui est cette femme ?

Je ne suis plus Anna.

Je me suis regardée dans le miroir et j'ai pensé je ne suis plus Anna. Je ne suis plus la fiancée de Davide, un peu gauche, jamais maquillée. Toujours en retrait d'un pas pour que sa beauté à lui focalise l'attention. De nous deux, c'était Davide qui était beau.

La beauté de Davide était-elle la cause de tout ?

Je caressais mes petits seins, mon ventre, mon pubis épilé comme celui d'une gamine. Mon sexe lisse, la peau autour pâle, tendre et vulnérable comme aucune autre partie de moi. Mon ventre plat, les abdominaux dessinés comme ceux d'une athlète.

Pourtant cet ultime triangle, juste au-dessus de la fente entre les cuisses, restait légèrement bombé. Une esquisse de courbe au-dessus des deux moitiés d'abricot foncé avec le clitoris rose au centre. Mais debout devant la glace, je ne voyais que la surface de la peau, claire. J'étais comme une poupée.

Depuis combien de temps je ne m'étais pas masturbée ? Des mois, peut-être un an. J'avais arrêté. Comme j'avais arrêté tout le reste. Je n'éprouvais plus de désir, pas même le désir simple et mécanique de mes doigts. Avant, je ne m'en privais pas. Le soir au lit. Pour me bercer, m'endormir. Je serrais mes mains entre mes cuisses, j'aimais sentir ma chaleur. Parfois je me contentais de me caresser, parfois je me masturbais. Ça n'avait rien à voir avec faire l'amour. C'était du plaisir pur. J'aimais sentir mes mains sur moi, rythmer mes orgasmes, jouer. Je me masturbais en regardant des films porno sur Internet, en repensant à des situations passées, en imaginant d'autres scènes. Avant, c'était presque tous les jours. Quand j'étais avec Davide et aussi dans les périodes où je couchais avec l'un ou l'autre, avant Davide.

Mais là j'avais oublié ce qu'était le désir. C'est une sensation que l'on ne peut jamais situer en un point précis du corps. Le désir vient entre les jambes, au bout des seins, dans le dos. Il donne des frissons, tout en étant brûlant. Il pousse à tendre les mains vers les autres, à chercher avec avidité, mais c'est aussi une façon de plonger en un point spongieux et humide du corps. C'est presque toujours une réaction. Un corps, une personne vous attire, on a envie de la toucher, de se faire toucher et soudain cette chose fait irruption. Puis elle s'en va. Ou alors on passe à l'acte et on l'éteint. Mais le désir est une partie essentielle de la relation aux autres. Si on ne désire plus, le monde autour disparaît peu à peu. On n'a plus aucun moyen de sortir de la solitude. Si on n'éprouve pas de désir, le monde est sans intérêt. Il n'est rien, il se résume à des gens qui parlent, du bruit, des gestes incompréhensibles.

Je n'éprouvais plus de désir.

Ce jour-là devant la glace, j'ai fermé les yeux et me suis caressée avec deux doigts. Aussitôt m'est apparue l'image de Chien, de sa chatte. Et tout m'est revenu : le coup de fil d'Alessandro, la bouteille de whisky que j'avais ingurgitée, la chatte de Chien, ma chute par terre, la chatte de Chien…

Je ne sentais rien, je n'arrivais à penser à rien d'autre.

Je suis tombée sur les genoux.

J'étais morte.

Chien était donc la vendeuse de la boutique de fripes à Campo de' Fiori. L'avais-je déjà croisée ? Je tentais de me souvenir. Une grande asperge qui ressemblait à la femme de Popeye. Pas moche, mais pas belle non plus.

Davide m'avait dit qu'il l'avait connue au garage, elle lui avait apporté un scooter, puis une voiture. Sans doute était-elle devenue une cliente régulière, elle venait le voir, s'arrêtait quand elle se trouvait dans le coin. Elle passait le chercher pour dîner, l'enlaçait, l'embrassait. Il l'emmenait dans les bars et les restaus des environs, les mêmes où il m'avait emmenée. Que pensait l'associé de Davide ? me demandais-je. Il l'a sûrement rencontrée, il les a peut-être vus s'enlacer et s'embrasser, exhiber leur intimité. Que pensait-il quand Davide en faisait à peu près autant avec moi ? Certes en y mettant moins de passion et d'enthousiasme, n'empêche que quand je passais au garage, Davide me traitait comme si j'étais encore sa fiancée, m'enlaçant, m'embrassant, exhibant notre intimité.

Ce garage, je l'avais pris en haine. Mais en dépit de mes protestations, Davide m'y donnait toujours rendez-vous. Pour ne pas céder, pour me narguer ?

J'étais mal à l'aise, j'avais l'impression que son associé, comme notre ami commun à la phrase malheureuse, pensait que j'étais une pauvre fille.

Qu'en me voyant arriver, Davide, les clients et lui se donnaient des coups de coude et disaient : tiens voilà cette pauvre fille. Vous avez vu comme elle en bave, elle a dû perdre quinze kilos. Tremblante, la larme à l'œil, une épave.

Pourquoi tout le monde faisait mine de rien ? Pourquoi son associé, ce gros type avec une femme tatouée sur l'avant-bras, ne venait-il pas me dire qu'il m'aimait bien, que Davide était complètement à côté de la plaque ? Il me connaissait depuis des années, il aurait été normal que cette situation le désole. Et tout aussi normal qu'il pense que Davide déconnait. Pourquoi personne n'était désolé, à part moi ?

On se quitte, l'amour a une fin.

Et vos amis n'en ont rien à cirer.

L'élan d'amitié qu'on imagine autour d'une séparation n'existe pas. Certaines femmes vont étriller certains hommes et pour cette raison, pas une autre, clamer leur solidarité et leur indignation. Car il ne s'agit pas de vous, mais d'elles. Quant aux hommes, en proie à un sentiment de culpabilité génétique et pour ne pas s'attirer d'ennuis, ils ne s'en mêlent jamais. Parfois ils risquent un commentaire comme celui de notre ami qui, tout bien réfléchi, n'est pas tant une affirmation qu'une phrase qu'on lâche quand le silence s'éternise et qu'il devient évident qu'il faut vraiment dire quelque chose. N'importe quoi au hasard. Mais en aucun cas les amis n'iront dire à l'un des conjoints tu es en train de faire une bêtise. Les autres, les amis, pensent qu'un couple qui se sépare crée du mouvement, fournit un sujet de conversation. Il se révèle pire qu'eux, ce dont ils tirent réconfort. Ils pensent et déclarent, toujours quand ça touche autrui, qu'on doit écouter ses pulsions, ne pas se laisser piéger par une existence étouffante. Que la vie de couple est ennuyeuse, qu'on ne couche plus ensemble, qu'un nouvel amour donne l'impression de rajeunir. Ils vous poussent à prendre des risques, vivre vos émotions.

Vaste connerie. La seule aide valable à ce moment-là, c'est quelqu'un comme toi, Vale. Quelqu'un qui s'assied en face de vous, soir après soir, et vous regarde pleurer en gardant ses conseils pour lui.

La vendeuse de la boutique de fripes de Campo de' Fiori.

Non, je ne l'avais jamais croisée, je ne la connaissais pas. Elle était célèbre ? C'était la reine de la place ? La nana dont tout le monde disait quel canon la vendeuse de la boutique de fripes, le pied que ça doit être de coucher avec la vendeuse de la boutique de fripes ? Elle était plus belle que moi, beaucoup plus belle que moi, incomparablement plus belle que moi ?

J'avais le droit de la voir. Après tout ce que j'en avais bavé, j'avais le droit de la regarder dans les yeux et de comprendre. J'irais la voir, j'entrerais dans le magasin et je poserais à la caisse les photos de sa chatte que j'aurais imprimées. Tiens, je crois que c'est à toi, dirais-je, puis je tournerais les talons. Je trouvais que c'était un geste fort, mais sobre, une façon élégante de quitter la scène. Tiens, je crois que c'est à toi. Et hop, je disparaîtrais de sa vie et de celle de Davide aussi, pour toujours. On ne se connaissait pas, elle ne pourrait pas me reconnaître, il ne pouvait rien arriver. Une minute, pas plus. J'entrerais, je poserais les photos et je disparaîtrais pour toujours.

Mais pour que ça marche, pour que le geste soit sobre et élégant comme je l'avais imaginé, il fallait que je sois sûre de l'identifier. Je ne pouvais pas m'exposer à montrer les photos à une de ses collègues. Elles étaient peut-être deux ou trois dans ce magasin. Toutes grandes et maigres comme la femme de Popeye. Les trois reines de Campo de' Fiori. Il fallait que j'aperçoive son visage au moins une fois avant d'exécuter mon plan. J'aurais pu me poster devant le garage de Davide pour la voir arriver, mais ce n'était pas mon style. J'étais tapie dans l'ombre tel un rat et je continuerais de me comporter en rat.

Alors, comme si j'accomplissais là un geste sensé, innocent, le dernier acte de ma prise de congé psychologique, je suis devenue son amie sur Facebook. Anna, l'amie de Chien.

Non, bien sûr, je n'ai pas utilisé mon nom. Je me suis créé un faux profil. J'ai choisi la photo d'une actrice qui n'avait jamais eu sa chance et que personne ne pouvait connaître. Je l'ai baptisée Francesca Marini, un nom simple qui n'attire pas l'attention. J'ai sélectionné des gens au hasard parmi les amis de Chien, en veillant à ce qu'ils ne soient pas aussi des amis de Davide et je leur ai envoyé une invitation. Ils l'ont presque tous acceptée. Quand j'ai comptabilisé un nombre de personnes suffisant pour ne pas être suspecte, j'ai envoyé une invitation à Chien. Et j'ai attendu. Sa réponse est arrivée quelques heures après, positive.

Maintenant j'avais accès à sa page. Je pouvais lire ce que Davide écrivait sur son mur. Il lui dédiait des clips de chanson. Dont celle que j'avais toujours considérée comme la nôtre. Il avait même publié la photo d'un livre sur Steve McQueen que je lui avais offert, accompagnée d'une sorte de dédicace qui laissait supposer une complicité entre eux autour de ce livre et de cet acteur. Et puis des mots flatteurs, des compliments sur sa beauté et des observations qui, je crois, visaient à prouver aux autres lecteurs de la page qu'il était l'amant en titre. Elle répondait sur le même ton, en jouant avec les sous-entendus. Mais elle était plus fine que lui, elle s'exposait moins en public.

Quel genre de femme était Chien ? Je me le suis demandé dix mille fois.

Peut-on juger les gens à ce qu'ils écrivent sur Facebook ? Je dirais que non. Tout comme on ne pouvait pas nous juger, dans le monde d'avant Facebook, à nos sacs de cours : à leurs slogans au marqueur noir, leurs badges, leur marque, notre façon de le porter. Ou je me trompe ?

J'ai lu ses publications, les commentaires de ses amis, ses réponses : aucune surprise. Dans la rubrique « À propos », on trouvait : passionnée de mode, musique indé, films des années soixante. Dans « Détails sur vous », elle avait indiqué Les Bains Douches. Une boîte de nuit parisienne des années quatre-vingt-dix fréquentée par des stars, où on sniffait de la coke et on baisait dans des salons privés. Ce choix m'avait scotchée. Par la suite j'ai découvert qu'elle n'était jamais allée à Paris, et aimait les photos qu'elle en avait vues dans une interview de Prince. Anarchique, sentimentale et toujours indignée, concluait-elle. Allez savoir contre quoi s'indignait Chien.

Comparé au sac de cours, Facebook est plus normatif. En théorie, on pourrait écrire ce qu'on veut, mais si quelqu'un enfreint les règles, son compte est désactivé. C'est-à-dire ostracisé, effacé. Par l'entité mystérieuse qui le gouverne et décide ce qui est bien et ce qui est mal. On dit qu'elle contient, comme presque tout ce qui nous concerne, des algorithmes secrets. Si un nombre suffisant d'usagers signalent un comportement dérangeant chez un autre usager, ce dernier sera désactivé. Qu'il s'agisse d'une photo de femme allaitant, d'un commentaire raciste, d'une image pornographique. La justice aveugle. Avec un tel critère, rien de ce que nous étalions sur nos sacs de cours n'aurait échappé à la censure, même indulgente.

Mais la vraie différence, ce sont les alternatives. Sur Facebook on est sommé sans arrêt de choisir : êtes-vous comme ceci ou comme cela ? Avec des chatons ou sans, hard ou soft, de droite, de gauche ou – option très populaire – tous les mêmes ? Chaque choix a son florilège de propositions. Télé, cinéma, musique… Je ne m'attarderai pas sur la dimension commerciale, la raison pour laquelle nous nous empressons de fournir une multitude d'informations à Facebook, tandis que nous sommes vite agacés quand le serveur demande aimablement si le gigot nous a plu.

Facebook place sans cesse devant un choix mais, comme dans un jardin aux sentiers qui bifurquent, chaque choix donne lieu à un autre, puis un autre encore. D'habitude ceux qui ont coché tous les mêmes, comme Chien, suivent des parcours similaires : d'abord anarchistes, sentimentaux et toujours indignés, puis No TAV, *Pretty Woman*, Mannarino, Mister Bean, en passant par Sauvons l'ancien cinéma Palazzo, Sauvons les beagles de Green Hill, Sauvons l'eau de la privatisation, Sauvons les glaciers de l'Antarctique, Sauvons la beauté qui à son tour sauvera le monde. Pour arriver à Subsonica, The Cure, Balanescu Quartet, Sakamoto, Baricco, Pasolini, Saramago, Murakami, Szymborska. Des plages de sable blanc, un enfant parmi d'autres derrière un barbelé parmi d'autres, quelques maximes sur les hommes que nos grands-mères auraient tout à fait pu broder au point de croix et encadrer pour les accrocher dans leur cuisine. *Les Simpson*, *Sex and the City*, l'ashtanga yoga, Che Guevara, le pape François, Greenpeace...

Chien était No TAV, Mannarino, Szymborska, mais surtout elle était obnubilée par son chien. Il y avait des photos de son chien en toutes circonstances. Chien à la mer, Chien en voiture, Chien au parc, Chien avec un chat, Chien qui dort, Chien qui joue avec un autre chien énorme...

En revanche, il n'y avait pas beaucoup de photos d'elle. Pas de selfie la bouche en cœur, pas de cliché sexy. Pas même de photo de vacances en maillot de bain. Certaines avaient été prises dans sa boutique. Il y en avait une avec Renato Zero, une autre avec Mara Venier. Aucune avec Davide. Mais il y avait une photo d'elle sur une vieille moto, une Triumph Bonneville. Celle de Steve McQueen. Visait-elle à exciter Davide ?

Chien. Le monstre, la championne du monde de la baise.

On ne la distinguait nettement sur aucune photo. On avait pour seule certitude qu'elle était brune et portait une frange. Ma main à couper qu'elle l'a encore. Les brunes à frange sont têtues, elles ne changent pas de coiffure si facilement. Elles se prennent toutes pour la Valentina de Crepax ou pour Betty Page quand, concrètement, c'est comme si elles avaient de la barbe : elles passent du temps tous les matins devant la glace à la raccourcir, la fignoler, la rectifier. Les brunes à frange – les blondes, moins, les franges blondes sont moins imbues d'elles-mêmes, j'ignore pourquoi – profitent de ce rideau sombre pour vous toiser de bas en haut. C'est sans doute pour cette raison que j'ai presque toujours envie de les gifler.

Chien a les cheveux bruns, longs et raides, et une frange impeccable. Elle les attache de plusieurs façons différentes, mais toujours en laissant retomber une masse de chaque côté du visage. Je pense que c'est pour cacher des oreilles en feuilles de chou. Elle n'est ni belle ni laide, Alessandro avait raison.

On aurait dit une femme normale, comme j'en ai rencontré des dizaines dans ma vie. Ces femmes qui se sentent compliquées et sensibles parce qu'elles prennent leur café sans sucre. Je ne sais pas s'il existe un mot pour les désigner. Bref, à première vue, Chien semblait être la conne parfaite. Une fille à papa qui a déjà goûté à tout. La boutique vintage, la moto de Steve McQueen, les photos de son chien. Qui a eu une jeunesse dorée et n'est jamais sortie de son quartier pourri si ce n'est pour aller à Campo de' Fiori vendre de la fripe griffée et, en juin probablement, à Formentera.

En même temps que son amitié, j'ai obtenu son adresse mail. Dans le profil Facebook, on peut ajouter des informations : date et lieu de naissance, études. On entre ainsi en relation avec une série de sous-groupes : les gens nés à Bari, les titulaires d'un bac littéraire, les Scorpion. Toujours pour draguer. Certaines personnes, dans le même but j'imagine, affichent aussi leur adresse mail.

Par une sorte d'automatisme, sans même me rendre compte de ce que je faisais, j'ai tenté de la pirater. Pendant une heure, j'ai essayé d'entrer dans la boîte mail de Chien avec tous les mots de passe de Davide, en ajoutant un chiffre de 1 à 10 au début ou à la fin, en déplaçant les majuscules, en les faisant précéder de la date de naissance de Davide ou de Chien (qui figurait aussi dans les informations qu'elle donnait). Puis je suis passée à toutes les combinaisons qui me venaient en tête avec le prénom Davide et le mot amour ou des termes voisins. J'ai utilisé des phrases et des titres de chansons qu'il lui avait dédiées, des lieux où je savais qu'ils étaient allés ensemble.

Je me suis arrêtée au bout d'une heure et j'ai pris conscience de ce à quoi je me livrais. Un délit, pour commencer. Mais surtout un geste odieux. Déjà pirater la boîte mail de Davide n'avait pas été joli-joli, mais au moins nous avions vécu cinq ans ensemble. Chien par contre je ne l'avais jamais vue. À quoi je jouais ? Et qu'est-ce que j'imaginais trouver dans ses messages, au cas où je réussirais à y accéder de cette façon insensée ?

Je me demande s'il est dans notre nature de violer l'intimité des gens, d'essayer de pénétrer les pensées, le corps d'une autre personne pour découvrir en quoi elle est différente de nous. Si cette manie de fouiller nous est donnée comme partie intégrante de notre fardeau de bêtise, que nous avons pour tâche d'alléger incarnation après incarnation, ou si c'est l'outil qui nous conforte dans une imbécillité sans précédent.

À ton avis, Vale, me serais-je comportée de la même façon sans Internet ? Aurais-je mis un faux nez et un imperméable, fait deux trous dans un journal pour espionner Davide en bas de chez Chien ? L'aurais-je pris en filature avec mon

116

scooter ? J'essaie de m'imaginer engageant Tom Ponzi pour qu'il cache des caméras et des micros dans les lieux que Davide fréquentait. Mais non, je n'y pense pas.

Tu te souviens de la réponse de Bill Clinton à qui on demandait pourquoi il avait fricoté avec Monica Lewinsky ? « *For the worst possible reason : just because I could.* » Parce que je pouvais, la pire des raisons.

Moi aussi j'ai pu, sans grand effort. Et tout le monde le pourrait. C'est une sacrée tentation, bien plus forte que lorsqu'il fallait sortir de chez soi et mener des recherches en s'exposant à être vu. La différence, c'est le corps. Le corps est le seul principe de responsabilité que nous ayons. À qui répondons-nous si ce n'est à la douleur physique, à la mort, à la faim, à la soif, à la fatigue ?

Mais si nous nous transférons dans un univers entièrement virtuel, tout frein disparaît, parce que notre identité disparaît. Qui sommes-nous sans bras, sans visage, sans voix ? C'est toi, Valentina, qui m'a parlé du livre de Giorgio Agamben, *Homo Sacer*. La vie nue, la *zoe* en opposition au *bios*, le pur mouvement biologique exclu des statuts juridiques et de la citoyenneté. Cet être humain-là, le prisonnier du camp de concentration, le migrant, sacré et inexistant. Qui sommes-nous dans la Toile et selon quel paradigme moral évoluons-nous ? Sans le corps, c'est-à-dire âmes nues ou néants nus, que nous faudrait-il heurter pour nous arrêter ?

Comme tu t'en souviendras, à cette époque je ne prêtais aucune attention à ma tenue. Je portais toujours le même jean et un pull passe-partout. J'avais une dégaine d'adolescente boudeuse. Et sans doute parce que je ne me changeais jamais, je ne m'apercevais pas que je maigrissais.

Un soir, je devais sortir dîner avec mon père. Je voulais être élégante. Ma jupe de toujours, ai-je pensé, la noire qui arrive au genou. Je la mets depuis vingt ans, il n'y a pas mieux pour me donner un look de fille modèle, architecte modèle, sœur modèle. Je l'ai trouvée du premier coup dans mon armoire. Je l'ai enfilée, agrafée à la taille, et elle m'est tombée sur les chevilles. Elle n'a pas glissé, elle est carrément tombée, comme s'il n'y avait personne dedans. Le problème ne semblait pas être moi, mais la jupe. Il y avait un truc, le tissu s'était usé, les boutons avaient cédé. Un phénomène bizarre avait eu lieu. Mais il concernait la jupe, pas moi.

J'ai cherché une autre tenue dans l'armoire. J'ai essayé à peu près l'intégralité de ma garde-robe, mais je nageais dans tout. La femme qui pouvait porter ces habits n'était pas moi. Comme si on m'avait joué un mauvais tour. Comme si on m'avait emmenée dans une maison identique à la mienne, où les vêtements, des vêtements que je connaissais, étaient devenus d'une taille gigantesque.

Je n'ai jamais été grosse, tu le sais. Je suis grande, sans dépasser la moyenne, je pèse le poids qu'il faut, je porte la même taille qu'à vingt ans. J'ai un corps normal. Peut-être plus que normal, un corps qui a de la chance et n'a jamais demandé de régime. Tous ces kilos perdus sur un corps qui n'avait pas besoin de maigrir donnaient une femme maigre, très maigre. Mais pas laide. Une épée, une moi réduite à l'essentiel.

Cette nouvelle femme était sortie d'Anna. La nouvelle Anna me ressemblait plus que la précédente. J'avais une allure de guerrière. La maigreur me donnait de la force.

L'initiation des sadhu, les saints indiens, commence par un long jeûne. Au bout de quelques jours sans manger ni boire, ils sortent de leur corps et tombent dans un état entre le sommeil et la veille. Et ainsi ils renaissent. Il en va de même dans toutes les religions. Le jeûne purifie, exacerbe les sens, confère une lucidité proche de la voyance.

Je n'étais pas devenue plus sage, mais d'une certaine façon je devinais que ce jeûne, et ce corps, me sauveraient la mise. Mon salut ne viendrait pas de mon cerveau, d'aucune intelligence, d'aucun livre. C'est mon corps qui me sortirait de cet enfer.

Je me suis attardée devant la glace. Pour me regarder comme quelques semaines plus tôt. Le jour où je me croyais morte. Mais cette fois, j'étais lucide et vivante. J'aimais ces os qui saillaient de mon bassin, j'aimais mes genoux redevenus nerveux comme ceux d'une gamine. J'aimais mes poignets, mon sternum aigu comme celui des danseuses, mes jambes fines.

J'allais mieux.

Le lendemain, je me suis acheté des fringues neuves. Je me préparais à rentrer dans la vie.

Je suis allée dans le magasin où j'achète tous mes vêtements. La vendeuse m'a demandé ce qui m'était arrivé. Ça fait un an que je ne t'ai pas vue. J'ai commencé les essayages par du 44, mon ancienne taille, pour tomber à un petit 40. Tu as beaucoup maigri, a dit la vendeuse. Ça te va bien.

Je me sentais extrêmement forte.

Les robes vont mieux aux femmes maigres. J'étais élégante, droite, le contraire d'une loque. J'avais tout ce qu'il fallait pour opérer mon retour dans la société du plaisir et du désir. Je n'avais qu'un pas à faire. Je suis là, je suis revenue.

J'ai choisi deux jupes, une robe grise à papillons, une paire de chaussures rouges à talons, un imperméable cintré. Et un chemisier en soie. De vraies fringues de femme. De l'inédit. Je m'étais toujours habillée comme une ado. C'est vrai, qu'est-ce qui t'arrive ? m'a redemandé la vendeuse en me tendant mon reçu de carte bleue à signer.

« Rien.

– J'aimerais bien qu'il m'arrive la même chose. Tu es dans une forme éblouissante ! »

Je lui ai souri et suis sortie avec un plein sac de vêtements neufs, féminins. Non, tu te trompes, aurais-je voulu lui dire, je ne suis pas dans une forme éblouissante, j'ai maigri. Je ne suis pas en forme, putain, pas du tout. J'ai changé de corps, voilà. Mais je vais guérir.

En prenant la rue Cavour direction les Fori Imperiali, je pensais sérieusement que je m'en étais presque tirée, que j'allais guérir. À moi de redresser le dos, poser un pied devant l'autre.

Oui, je m'en étais presque tirée. Mais pendant que je descendais la rue, Davide la remontait à moto. Je l'ai vu. Il transportait une passagère qui, j'en suis sûre, était Chien. Il m'a vue lui aussi et m'a fait un signe sans s'arrêter. Il était gêné, il a accéléré. La nana s'est retournée pour me regarder, mais je me suis abritée dans un hall d'immeuble.

Je m'en étais presque tirée, et vlan. Je suis rentrée chez moi. Sans prendre le temps d'enlever ma veste je suis allée sur le Facebook de Davide. J'avais arrêté depuis un moment, Vale, crois-moi.

Une minute encore avant de le croiser, j'aurais juré que je n'y retournerais jamais. J'avais même effacé tout l'historique de mes recherches. J'étais à un millimètre de m'en tirer.

Ce fut pire que tout. Mes défenses étaient tombées. Comme chez les accros à l'héroïne qui se désintoxiquent puis meurent d'une dose injectée dans un corps purifié, incapable de réagir. Je me suis jetée sur ces lignes comme un fauve.

J'ai trouvé de nouveaux messages de Chien. Ils me semblaient plus que jamais fonctionner par allusions. Je me sentais très mal, je transpirais. Je ne pouvais pas m'arrêter, c'était au-dessus de mes forces. Je savais qu'il s'était passé quelque chose, je le sentais. Je suis entrée dans sa messagerie, et je les ai trouvées.

Douze photos.

Douze nouvelles photos datant de la veille.

Je pense qu'elles avaient été envoyées par Whats-App, la seule application où je n'arrivais pas à entrer. Il les avait réexpédiées sur sa boîte mail pour ne pas les perdre et les avait rangées dans un dossier. Erreur fatale. Si elles étaient restées dans WhatsApp, je n'y aurais jamais eu accès.

Les nouvelles photos de la chatte de Chien étaient beaucoup plus élaborées que les précédentes. Douze, prises ailleurs, avec une lumière différente. Elle aussi semblait plus adulte. À peine, bien sûr. C'était toujours Chien et elle avait le même âge à quelques semaines près. Mais sur ces nouvelles photos, elle montrait certains détails de son visage. Ses yeux cernés, maquillés comme ceux d'une geisha, sa bouche fardée de rouge.

Ces images semblaient beaucoup moins innocentes. Même si les autres photos montraient des parties génitales, elles possédaient une sorte de candeur enfantine. Celles-ci, non. Elles étaient nettement plus hard.

Elles me faisaient très mal.

Elles avaient sans doute été prises dans une salle de bains. Une paroi de baignoire servait de toile de fond et le sol était carrelé de blanc. Ce n'était pas un appartement, parce que j'avais eu beau agrandir, pivoter, assombrir ou éclaircir les photos, je n'avais rien découvert qui me donne la sensation d'un lieu de vie. C'était un hôtel, mais rien de luxueux. On aurait dit une chambre d'hôte dans une petite bourgade, peut-être à la montagne. Avec des rideaux aux fenêtres et deux serviettes de toilette élimées et dépareillées.

Chien portait un peignoir en soie rouge à motif japonais. Cette fois, elle avait aussi photographié ses seins, dans une plongée qui la cadrait jusqu'aux jambes. La poitrine de Chien, que je découvrais, était parsemée de grains de beauté de différentes tailles. Elle avait une peau claire et tachetée, inattendue chez une brune. On voyait en particulier sur le côté droit une grosse envie noire, à mi-chemin entre le sein et le nombril. Quand la tension était trop forte, je me concentrais sur cette envie en essayant de respirer profondément. Mais la plupart du temps, c'était sa chatte qui accaparait mon attention.

La principale différence, celle qui dans mon imagination faisait de Chien non plus une irrésistible adolescente virginale mais une maîtresse dominatrice, tenait à la présence des objets. Des sex toys. Le problème, c'était que ces charmantes et délicieuses babioles m'étaient inconnues. Du moins sous cette forme. Ce qui avait décuplé mon angoisse.

En soi le recours à des accessoires laissait entendre une complicité accrue. Si Chien avait envoyé à Davide des images où elle enfilait des trucs et des machins dans sa chatte, il faut croire qu'ils s'étaient déjà adonnés à ces pratiques. Ou qu'ils allaient s'y adonner. Ou qu'ils projetaient de s'y adonner. Elle lui avait peut-être raconté en détail au téléphone comment elle procédait et Davide en proie à un orgasme incontrôlable avait réclamé : montre, tout de suite. Et autres suppositions. En tout cas, il était clair que Chien n'avait pas pu envoyer ce genre de photo en prenant le risque qu'il les trouve vulgaires ou, pire, peu excitantes. Elle était sûre de son fait, impossible autrement.

Mais il y avait plus grave, un détail qui à mes yeux élevait leur complicité au rang de lien indestructible. Après avoir scruté pendant des heures un des deux objets utilisés sur les photos, j'avais cru reconnaître un outil appartenant à Davide, un petit instrument pour visser et dévisser à manche en plastique et pointe métallique comme il en utilisait beaucoup au garage. Ce n'était pas une certitude, mais la seule éventualité qu'il s'agisse d'un de ses outils, et que ces photos témoignent par conséquent d'un jeu érotique aussi parfait, me blessait au vif.

L'autre objet par contre, malgré sa forme bizarre, pouvait être un godemichet. Violet, transparent. Un cylindre de la taille d'une canette de Coca-Cola. Le nouveau modèle, plus haut et plus étroit. D'aspect résolument non réaliste, il ne visait pas à imiter un pénis. Le détail intéressant était la présence à l'intérieur d'une sorte de tube relié à un élément extérieur, peut-être l'extrémité d'un piston. Apparemment il pouvait remplir le rôle d'une grosse seringue, pour injecter allez savoir quoi. Je n'avais jamais vu de gode de ce type.

Les jours suivants, j'ai fouillé sur Internet et dans les sex-shops, sans rien trouver de semblable. Cet objet avait peut-être été créé pour un autre usage, j'ai fini par me dire que ce n'était pas un godemichet. Peut-être était-ce un accessoire servant à décorer les gâteaux ou à jardiner, pour arroser ou pulvériser de l'insecticide. Une pompe pour transvaser des liquides ou même un instrument médical. J'avais arpenté les rues, inspectant les vitrines les plus diverses en quête d'un indice, j'étais allée sur des forums où j'avais posé des questions si précises que je redoutais de voir surgir Davide ou Chien, qui sommeraient cet internaute au nom fantaisiste – je changeais chaque fois de surnom – d'expliquer comment diable il connaissait autant de détails. La seule chose à laquelle je ne m'étais pas risquée était de publier la photo. J'avais quand même essayé de découper le corps de Chien tout autour de l'énigmatique cylindre violet, pour ne garder que lui. J'avais obtenu des images saisissantes par leur mystère, mais je les avais effacées.

Les deux objets ne revenaient pas systématiquement sur les douze photos de la deuxième série. Cinq étaient semblables aux précédentes, sauf qu'elles incluaient la poitrine, du moins en partie. D'une main, Chien tenait le téléphone ou l'appareil photo, de l'autre elle ouvrait ses lèvres, jouait avec son clitoris, se caressait. Le cylindre violet figurait sur quatre clichés parmi ceux où apparaissait aussi l'outil, pour moi encore plus inquiétant que le cylindre. Sur toutes les photos, on voyait ou devinait le visage. Détail qui signifiait avant tout une confiance accrue. Elle avait placé Davide dans une position de force en lui envoyant des photos hard où on pouvait la reconnaître. C'était un signe. Peut-être marquait-il une phase de plus grande complicité entre eux.

Mais un autre détail me frappait. L'expression du visage, présent sur toutes les photos, était plutôt renfrognée. Il n'exprimait jamais de plaisir, ni d'abandon à ces jeux. Chien s'enfilait des trucs dans le vagin avec une habileté expéditive, on aurait dit qu'elle voulait surtout montrer son savoir-faire. Comme dans un numéro de prestidigitation. Un défi. Son regard avait quelque chose de méprisant. Pourquoi ?

Parce que se photographier dans ce genre de position est compliqué et que la plupart du temps on essaie d'abord de ne pas se faire mal, tout en offrant un angle de vue avantageux, le plus excitant possible. Mais Chien n'avait pas l'air de s'en soucier. Les accessoires qu'elle déployait laissaient plutôt deviner une femme experte et dominatrice.

Parmi les photos avec cylindre, une retenait davantage mon attention. Toutes les autres montraient ses cuisses écartées au-dessus de ce qui continuait de m'apparaître comme un rebord de baignoire et une pénétration partielle. Sur la dernière, pour moi la plus frappante, Chien était accroupie, les jambes ouvertes à angle droit. On voyait ses pieds nus sur la pointe, les chevilles pliées, l'une ceinte du mince bracelet rouge des adeptes de la Kabbale, que Madonna et beaucoup d'actrices portent au poignet, les cuisses tendues et la chatte au premier plan. Au centre de la photo, le cylindre violet posé par terre, verticalement. Et elle assise dessus, l'aspirant à l'intérieur d'elle. Peut-être était-ce l'effet d'un jeu de lumière, mais le cylindre semblait flotter, ventousé aux lèvres de Chien.

Veux-tu savoir combien de temps j'ai rêvé devant cette photo, Vale ? Il ne vaut mieux pas en effet.

Quand j'étais ado, avant qu'Internet offre la possibilité de vérifier instantanément tout et n'importe quoi, je pensais souvent à une histoire que j'avais entendue. Je ne me souviens pas si la protagoniste était une prostituée célèbre ou, hypothèse plus probable, une stripteaseuse. Cette femme, bien entendu très belle et raffinée, commençait son spectacle en dénudant la moitié de son corps. Elle ôtait chaussures, jupe et culotte, mais restait habillée au-dessus de la taille. Très habillée : colliers, chapeau et veston masculin pour donner plus de force à la scène que je vais décrire. Elle s'asseyait sur un tabouret, dans cette tenue asymétrique, et allumait une cigarette. De la façon dont tout un chacun allume sa cigarette. Mais aussitôt après elle portait la cigarette à ses grandes lèvres et, assise au bord du tabouret, la fumait ainsi, en aspirant et rejetant la fumée par le sexe. Je trouvais que cette performance peu banale comportait une dimension émouvante. Cette femme capable de fumer avec sa chatte, qui avait dû s'y entraîner après avoir découvert un jour que c'était possible, m'apparaissait comme le symbole de la piété et de l'inutilité de tout geste, et de la vie elle-même.

Mais ce n'était pas seulement pour sa poésie que je pensais souvent à cette histoire. Elle m'inquiétait. À cette époque, Battiato chantait « les désirs mythiques des prostituées libyennes », « le shivaïsme tantrique de style dionysiaque » et « l'épopée érotique de la squaw Peau-de-lune ». Et comme tout le monde, je supputais que faire l'amour comportait des secrets dont j'étais exclue. Il existait sûrement des muscles que je ne soupçonnais pas, des positions, et aussi un plaisir à donner et recevoir d'une intensité surhumaine. Quel type de désir éprouvaient les prostituées libyennes ? Que réserverait à un homme cette chatte capable de fumer une cigarette ? En comparaison, ce que je pouvais offrir était nul et non avenu.

Les photos de Chien, associées à la phrase « quand on a la chance de trouver une nana avec qui on aime autant baiser, on ne revient pas en arrière », m'avaient renvoyée dans le passé, à l'époque de Battiato. Parce que si je savais avec une quasi-certitude que ma chatte n'apprendrait jamais à fumer, je n'étais pas si sûre qu'elle puisse se livrer à une prestation dont je découvrais une autre femme capable. Et pas n'importe quelle femme, mais celle qui par ses qualités érotiques, sa désinvolture, sa jeunesse et Dieu sait quels autres arcanes avait envoûté l'homme avec qui j'avais couché ces cinq dernières années. Une prestation qui, du moins à en croire cette photo, semblait simplissime : ramasser sur le sol avec sa chatte un cylindre violet gros comme une canette de Coca-Cola et le soulever.

Pendant que j'étais plongée dans la contemplation des photos de Chien, Davide a sonné à l'interphone. Il voulait que je descende. Il était hors de lui, je l'ai compris à sa voix. J'aurais dû lui dire que j'étais occupée, mais je suis descendue.

Il avait dû découvrir que j'avais téléchargé ses photos. Il avait dû s'apercevoir que je m'introduisais dans son compte Facebook, j'avais peut-être oublié dans l'agitation d'effacer la notification de connexion. J'étais morte de peur, mais c'était peut-être l'occasion de régler nos comptes une bonne fois pour toutes.

Comme d'habitude, je me trompais.

Davide était furieux parce que j'avais parlé de notre séparation à un ami, évoqué les causes, les torts. Selon lui, je n'aurais pas dû. C'étaient nos oignons. Ses oignons. Il ne voulait pas que nos amis imaginent qu'il était un salaud.

Mais il ne pouvait pas se mettre dans une telle rage pour si peu. Il y avait sûrement une autre raison, peut-être une engueulade avec Chien. Ou bien il avait découvert l'affaire des photos, mais n'en disait rien, parce qu'il voulait que j'avoue, ai-je eu le temps de penser avant que ça n'explose. Puis ça a explosé.

Je ne me souviens plus comment c'est parti. Il m'a sorti un truc qui ne se dit vraiment pas et j'ai riposté au ras des pâquerettes. À savoir que je préférerais qu'il évite de rôder près de chez moi quand il se baladait à moto avec cette pauvre fille. On criait en pleine rue. Il me secouait par les épaules, alors j'ai plié les genoux et mon poids m'a entraînée vers le bas. Je me suis laissée tomber, suspendue à sa main qui me tenait. J'étais agenouillée sur le trottoir comme si je le suppliais. Mais je n'avais aucune prière, rien à demander. J'étais plantée là comme un âne, voilà tout. Davide tentait de me relever pour que je dégage le trottoir. Mais je refusais. C'était simple, je ne me relèverais plus jamais. Je pleurais, criais, mais ne bougerais pas pour autant. Je voulais rester là, à genoux, pour toujours. J'étais si fatiguée que j'ai souhaité mourir, faire un infarctus, espéré qu'il me secoue plus fort, qu'il m'éclate la tête par terre.

Davide était comme fou. Il ne supportait pas mon comportement d'âne bâté. Il me tirait de plus en plus fort par le bras. Il s'époumonait. Un cercle s'était formé autour de nous. Mais personne n'intervenait. Puis les flics sont arrivés. Une voiture qui patrouillait dans le secteur. Je leur ai dit de ne pas s'inquiéter, que tout allait bien. Mais ce n'était pas vrai. Ça pouvait très mal tourner. Nous étions dans une cage étroite et noire, accrochés l'un à l'autre. Nous pouvions nous tuer.

Un des flics a pris Davide par le bras et l'a éloigné. Les badauds étaient toujours là, immobiles. Jusqu'au moment où l'autre flic a essayé de me relever, me faisant crier encore plus fort. Comme d'habitude, quelqu'un m'a proposé un verre d'eau. Davide qui tenait son casque de moto à la main l'a balancé contre un arbre. Je n'avais encore jamais frôlé un drame d'aussi près. On a emmené Davide. Longtemps après, quand tout le monde fut reparti, je me suis levée et je suis rentrée chez moi en titubant.

Je savais que nous avions franchi une limite. Les jours suivants, nous n'avions qu'une chose à faire : ne pas nous voir.

Mais quand on ne se voyait pas, j'allais plus mal. Quand on ne se voyait pas, je pensais à lui toute la journée. Si je ne l'avais pas sous les yeux, s'il m'échappait, si j'ignorais où il se trouvait, il était à tous les coups avec Chien.

Alors de temps en temps, je prenais des initiatives de l'ère analogique, comme téléphoner sur le fixe du garage et raccrocher, appeler son associé et prétendre que je m'étais trompée de numéro, mais en attendant je lui demandais si Davide était là, quitte à le couper aussitôt en disant que non, je ne voulais pas qu'il me le passe, c'était sans importance, je le rappellerais plus tard. En général, il n'était pas là : il était allé chercher des pièces de rechange. Cette expression aller chercher des pièces de rechange était devenue mon cauchemar. Elle m'apparaissait comme une excuse, un prétexte banal et maladroit, qui avait le don de me mettre en boule. Chaque fois qu'on répondait au garage par ces mots, je pensais que cela signifiait : il est allé baiser avec Chien, mais, tu comprends, je ne peux pas te le dire.

À quelle fréquence ces deux-là faisaient-ils l'amour dans mon imagination ? En gros, nonstop. À cette époque, dans mon esprit, Davide exploitait chaque moment libre pour baiser avec Chien. Où, soit dit en passant ? Dans la cabine d'essayage de la boutique à Campo de' Fiori ? Dans une voiture garée ici ou là ? Chez elle, dans ce quartier impossible, relié à tout autre endroit de la ville par des heures d'embouteillages ?

Les jours qui suivirent notre empoignade dans la rue ont été parmi les pires. J'avais peur. Pas de Davide, mais de nous. Je crois que je suis restée enfermée chez moi quatre jours, j'ai dû te dire que j'avais la grippe. Quatre jours pendant lesquels les pires habitudes sont revenues. Je buvais, fumais, restais scotchée à mon ordinateur pour savoir où était Davide et ce qu'il faisait, sans grands résultats parce qu'entre-temps il était devenu plus malin. Je ne mangeais pas, ne dormais pas, chargeais sur Internet les instructions d'applications susceptibles de pirater le téléphone portable du président des États-Unis. J'avais trouvé un site payant qui promettait de deviner n'importe quel mot de passe en procédant à une série d'essais infinie. On donnait nom et adresse mail, et ils passaient en revue lettres et chiffres jusqu'au moment où ils tombaient sur la bonne combinaison. Des algorithmes. J'ai même téléchargé Tor, le navigateur pour le deep web, que, réflexion faite, je n'ai pas ouvert.

Pour juguler mon angoisse, il aurait fallu que je parle à Davide, mais je n'avais pas les moyens de le joindre. La seule chose que je ne faisais presque jamais était l'appeler. De toute façon, si je lui avais envoyé un message, il ne m'aurait pas répondu. J'aurais pu faire un saut au garage, mais après une telle scène, j'avais l'impression que ce serait trop. Trop lui tendre la main. Il fallait que je m'arrange pour le rencontrer par hasard, de façon à sortir de cette situation critique en nous embrassant, ou du moins en nous regardant sans haine.

J'ai fini par l'appeler. Il n'a pas répondu. Je l'ai rappelé toute la journée sans qu'il décroche. Je lui ai envoyé des messages, j'ai appelé sur le fixe du garage, mais en entendant ma voix, il a raccroché.

J'ai laissé passer plusieurs jours. Il fallait que je me ressaisisse, que je me lave, que je mange, que je dorme un peu. Je ne pouvais pas me montrer avec cette allure d'otage qu'on vient de libérer. Je suis même allée chez le coiffeur. Quand je me suis sentie prête, j'ai attendu encore quelques jours. Je voulais être sûre de ne pas rater mon coup. Il fallait que j'agisse en killer. Frapper et fuir sans la moindre hésitation.

Le matin où j'ai décidé de passer à l'action, je me suis habillée et maquillée avec soin. Je ne voulais pas me présenter sous un mauvais jour. Même si Chien ne pouvait pas savoir qui j'étais. Je voulais qu'elle pense que j'étais une belle femme malgré mes dix ans de plus qu'elle. Et qu'elle aimerait être comme moi dans dix ans. J'ai mis ma nouvelle robe, la grise à papillons, et mes chaussures rouges à talons. J'ai pris un taxi et je suis descendue corso Vittorio. J'ai continué à pied pour Campo de' Fiori.

Les hommes me regardaient, et pas avec pitié. J'avais oublié cette sensation de marcher dans les rues de Rome en femme normale, élégante, attirante. En face de la boutique de Chien, de l'autre côté de la place, il y a une librairie. Je me suis attardée devant la vitrine pour souffler. C'était la fin de la matinée, le marché n'était pas encore démonté. J'ai flâné entre les étals, en contemplant les fruits et légumes comme une touriste.

« Chien ! Chien ! »

Je n'ai pas compris tout de suite de quoi il retournait, mais le petit chien est sorti de la boutique et m'a foncé dessus. Sûr de son fait, comme s'il me connaissait. Il courait entre mes jambes, en aboyant comme un malade. Quand il s'est rendu compte que sa maîtresse allait l'attraper, il s'est faufilé sous l'étal de fruits. Mais j'ai été plus rapide et je l'ai chopé par la queue. Il s'est retourné vers moi et m'a mordu la main avec ses petites dents pointues. Je saignais mais j'ai tenu bon, jusqu'au moment où sa maîtresse me l'a enlevé des mains. Et même à ce moment-là, je l'ai lâché avec réticence.

« Je suis désolée. Tu as mal ?

– C'est rien.

– Tu veux un verre d'eau ?

– Non, merci. Pas un verre d'eau. Je me sens bien.

– Entre t'asseoir un moment. Tu veux te désinfecter ? En attendant, mets ça. » Chien m'a fait asseoir et m'a donné une écharpe qu'elle portait autour du cou. « Elle n'est pas sale, ne t'inquiète pas. Je l'ai mise par précaution. Je viens de me faire faire un tatouage, il ne faut pas que je le laisse à l'air. Regarde. »

Elle a écarté ses cheveux, découvrant un dessin étrange sur sa nuque.

« C'est quoi ?

– Une divinité sumarienne.

– Sumarienne ?

– Oui, les Sumariens sont un peuple d'Égypte, bien avant les pharaons. C'est une déesse de l'amour. Tu es fâchée ?

– Pourquoi ?

– Pour Chien. Il est sot. Il faut lui pardonner.

– Mais non, ne t'inquiète pas. »

J'aurais voulu lui demander pourquoi elle s'était fait tatouer ce dessin maintenant, si elle célébrait un événement spécial dans sa vie ou si c'était un hasard. Si elle avait choisi cette fichue divinité sumérienne dans un catalogue comme elle aurait choisi un papillon, ou si ce motif revêtait une signification particulière.

« C'est toi qui l'as dessinée ? »

Je lui ai posé la question en espérant qu'elle me donne des détails, me livre un indice. Elle m'a regardée comme si j'étais débile, comme si la morsure de son sale petit clébard avait endommagé l'artère qui irriguait mon cerveau.

« Mais non, c'est une divinité sumarienne, je te dis. »

Il était évident qu'avec Chien la tactique de l'allusion ne marchait pas. Si je voulais savoir quelque chose, il fallait que je sois plus directe.

« Tu sais ce qu'on va faire ? Essaie quelque chose, ce que tu veux. Je te l'offre.

— Mais non, ne te tracasse pas.

— Ça me fait plaisir, d'accord ? Pas tout de suite. Quand tu te sentiras mieux. Excuse-moi une minute. »

Elle s'est éloignée. J'ai aussitôt sorti la main de l'écharpe. Cette saloperie de cabot hystérique ne m'avait presque rien fait. Deux petits trous rouges autour desquels la chair était légèrement enflée. Espérons qu'il ne m'ait pas refilé une maladie, ai-je pensé en me levant. Sur le pas de la porte, Chien m'a fait signe de me rasseoir. À mon tour, je lui ai fait signe que ça allait, qu'elle se tranquillise. Alors elle m'a montré en souriant tous les vêtements pendus sans interrompre son coup de fil. Elle voulait que je les essaie et que j'en choisisse un.

Chien. La reine de Campo de' Fiori.

Le trait le plus marquant de sa personnalité, ce sont ses téléphones. Pas leur utilisation, mais l'objet en soi. Objets au pluriel, d'ailleurs. Elle

138

en a trois, dont elle ne se sépare jamais. Un éternellement à la main, parfois même deux, et les autres dans sa poche ou du moins à proximité. Elle pianote, cherche des renseignements, prend des photos, écoute de la musique. Elle les utilise alternativement selon un principe qui échappe à l'entendement. Elle entretient avec chacun une relation différente, selon une gamme qui va de la tendresse à la désapprobation complète. Un en particulier l'énervait chaque fois qu'il sonnait. C'est arrivé à deux ou trois reprises pendant que j'étais dans sa boutique. C'était sans doute une personne avec qui ça coinçait. Quand ce téléphone sonnait, Chien donnait des coups de pied à droite et à gauche, levait les yeux au ciel et ne répondait qu'au bout de moult sonneries. Elle sortait de son coup de fil épuisée, comme après une rude épreuve. À un moment, alors que j'émergeais pour la énième fois de la cabine d'essayage dans un pantalon trop grand, j'ai essayé de créer une complicité, en lançant une boutade sur les enquiquineurs. Mais elle m'a ignorée. En tout cas, indépendamment du degré d'affection qui la lie à eux, Chien prend un soin infini de ses trois téléphones. Elle les manipule et les cajole comme si c'étaient des hamsters. Ils forment une famille.

Le deuxième aspect frappant chez elle est une étrange forme d'indétermination. En dépit d'une allure résolue et d'un style vestimentaire affirmé, presque agressif, Chien est un peu vague. J'ai du mal à te la décrire, Vale. Grande, maigre, avec une frange épaisse, elle ressemble à beaucoup de femmes. Je ne jurerais pas qu'elle s'est fait refaire le nez ou le menton, mais quoi qu'il en soit l'ensemble est indéniablement flou.

Tant qu'on la regarde aller et venir, ou que l'on est regardé par elle, on a l'impression de l'avoir déjà vue cent fois dans les journaux ou dans la rue. Mais dès qu'elle ouvre la bouche, on comprend son secret : une sorte de viscosité. Chien est liquide, pâteuse, elle s'introduit dans l'engrenage de vos pensées et les freine. À côté d'elle, on se sent obtus, comme une femelle panda enceinte. Elle donne envie de se rouler dans l'herbe et téter des bambous toute la sainte journée. Les gens autour d'elle s'égarent. Non sous l'effet de son charme, qui n'est pas tel qu'on perde le nord, mais pour sa façon de ne jamais finir une phrase, de rester souvent immobile la bouche entrouverte, de se passer la main dans les cheveux et de dorloter ses téléphones. D'un point de vue psychologique, elle se rapproche d'un Teletubbie. N'importe lequel.

Que se passe-t-il quand on côtoie ce genre de personne ? J'imagine que c'est comme une maladie. Quelque chose qui jour après jour pompe l'énergie vitale. Jusqu'au moment où, un beau matin, on n'a même plus la force de visser sa cafetière moka. Son aptitude à l'indolence est peut-être inscrite dans son patrimoine génétique ou résulte de l'influence du milieu. Fille de parents aisés, Chien n'est sans doute pas habituée à tenir compte ou prendre soin de quoi que ce soit, à part ses téléphones. Mais elle y met aussi du sien, c'est évident.

Sa troisième caractéristique est son obsession pour ce qu'elle considère comme élégant et qui ne l'est pas toujours. Paraître élégante lui importe presque autant que dissimuler ses oreilles en feuilles de chou. « Super chic » est son épithète préférée.

« Tu es super chic. »

C'est ce qu'elle m'a déclaré en rentrant dans la boutique quand elle m'a vue devant la glace. J'essayais un pantalon Donna Karan qui, comme presque tout le reste, était trop grand.

« Tu sais à qui tu ressembles ? À cette actrice, celle de Bridget Jones, Renée quelque chose.

– Je nage dedans.

– Ça, c'est toujours c'est bon signe. »

Elle s'est approchée pour regarder la taille, cachée à l'intérieur du pantalon. J'ai reculé. Mon slip, je n'y avais pas pensé. Je portais une vieille culotte ruinée qui ne pouvait pas rivaliser avec ce que j'imaginais être sa lingerie super sexy et super chic. Je ne lui permettrais pas de lorgner dans mon pantalon. Mais Chien s'est contentée d'effleurer le tissu à la hauteur de la ceinture et a déclaré en professionnelle : « Un 40, félicitations. Tiens, essaie celui-ci. Personne n'a réussi à rentrer dedans, mais à mon avis il te va. »

Il y avait de très belles choses dans la boutique de Chien. Des pièces uniques de grands couturiers, des vêtements à peine portés et rendus, provenant de plateaux de tournage ou des armoires de femmes riches qui ne les avaient probablement mis qu'à une seule occasion.

« Tu veux un café ?

– Oui, merci. »

J'ai répondu de derrière le rideau. La cabine était minuscule et je tremblais. Plus je m'attardais et plus les chances augmentaient que Davide passe par là et m'y découvre. Ma robe était jetée sur la chaise, recouverte de strates d'autres robes, vestes, pantalons. Il fallait que je parte, et vite. J'entendais Chien jongler avec ses téléphones, envoyer et recevoir des messages. Je transpirais, mais j'avais décidé d'entrer dans ce pantalon qui n'allait à personne et j'y suis arrivée. Si je ne pouvais pas être la reine de Campo de' Fiori, j'en serais au moins la Cendrillon. J'ai réussi à le boutonner, mais j'avais du mal à respirer.

« Je peux ? »

Chien a ouvert le rideau sans attendre mon autorisation et l'a retenu avec la main.

« J'en étais sûre. C'est pas pour me vanter, mais j'ai l'œil. Il te va nickel. »

À d'autres. Il me serrait, j'étouffais, mais j'avais réussi à rentrer dedans et j'étais satisfaite.

« Je prends la mesure pour l'ourlet, Renée, ou tu préfères le faire toi-même ? »

Chien était agenouillée à mes pieds et évaluait la longueur du pantalon. Je la voyais d'en haut.

« La nana devait être super grande, en plus d'être toute maigre. Parce qu'il est d'occasion, tu le sais, n'est-ce pas ? Il est comme neuf, mais il a été porté. T'as rien contre, j'espère ? »

Je voyais sa tête brune avec une raie parfaite et cette maudite frange. Et dans l'encolure de sa chemise ses seins minuscules et même un de ses grains de beauté. Puis mon regard est tombé sur son bracelet.

Vale, t'ai-je déjà raconté l'histoire du gros type ?

Quand j'étais ado, il y avait ce type, très adulte et très gros. À cette époque, je portais au poignet un bracelet en cuir large, type manchette. Un jour, cet homme m'a serré le bras et il a caressé mon bracelet avec un doigt d'une façon que j'aurais pu considérer comme sensuelle s'il n'avait pas été aussi gros et aussi vieux. Et si je n'avais pas été aussi naïve. Pourquoi portes-tu ce bracelet ? m'a-t-il demandé sans quitter mon poignet des yeux. Sur le moment, je n'ai pas su expliquer son geste, ni trouver de réponse satisfaisante à sa question. Je crois lui avoir dit que c'était parce qu'il me plaisait. Il m'a regardée longuement et m'a déclaré en souriant : petite coquine, je devrais te donner la fessée. Tu le mériterais bien. Et il est parti. Quelques jours après, il m'a invitée chez lui, et j'y suis allée en compagnie de mon copain. Il nous a proposé de la cocaïne. On l'a acceptée avec cette indifférence des ados à l'égard d'un adulte, gros qui plus est. Il caressait mon bracelet en attendant que la cocaïne agisse. Il me disait des trucs dont je ne me souviens pas, il regardait mon copain d'un air ambigu. Mais il ne s'est rien passé. On s'ennuyait tous les trois, et au bout d'un moment, le type nous a collés dans un taxi pour qu'on rentre chez nous. Qu'est-ce qu'il voulait, ce connard ? m'a demandé mon copain dans le taxi. Il est pédé ?

Il voulait qu'on le batte, je ne l'ai compris que des années plus tard. Ou plutôt on me l'a soufflé. Quelqu'un m'a dit que cet homme aimait se faire battre par des ados, si possible en couple. Qu'il était doux et bon, mais qu'il ne pouvait jouir qu'en se traînant aux pieds de petits jeunes beaux et cons comme nous.

Je ne comprenais pas pourquoi il m'avait choisie, je n'avais pas l'air d'une fille qui aimait fouetter les hommes. Puis une idée m'a traversée : c'était le bracelet. Je suis allée sur un forum sadomaso. C'était bien ça. Bandes, bracelets, tout ce qui pouvait évoquer des menottes indiquait une disponibilité. Certains étaient même hérissés de pointes de fer, c'étaient les plus sûrs. Si quelqu'un porte ce genre de bracelet, expliquait le site, soyez tranquille, il ne vous décevra pas.

Sous les manches roulées de sa chemise de cow-boy, Chien portait un bracelet de ce type, à pointes argentées. Une arme médiévale. Un objet repoussant, qui détonnait avec son habillement. Chien était-elle soumise ? Dominatrice ? Ou était-ce une switch, qui aimait permuter, jouer les deux rôles en fonction de la personne en face de qui elle se trouvait ? Et Davide était-il un passionné de pratiques sadomasos sans que je l'aie soupçonné une minute en cinq ans ? Était-ce là leur secret, auquel notre ami commun faisait allusion avec sa fameuse phrase ? Et enfin : était-ce le secret du cylindre violet ?

Ou bien Chien, comme il aurait été plus simple de le subodorer après une demi-heure passée en sa compagnie, n'était qu'une écervelée, comme moi à dix-huit ans, et portait ce bracelet parce qu'elle le trouvait joli. Ou plutôt super chic.

« On te fait l'ourlet ? Tu le veux comment ?

– Quoi ?

– Tu vas le mettre avec des talons, des bottes, des chaussures basses ? »

J'aurais voulu lui dire que je ne le mettrais jamais, avec aucun type de chaussures. Parce qu'il me serrait beaucoup trop et que je n'arrivais pas à respirer. Que je le prenais uniquement pour lui prouver qu'il m'allait et qu'avec mes dix ans de plus, j'étais autant en forme qu'elle, si ce n'était davantage. Que j'avais été la compagne de Davide pendant cinq ans et qu'on s'en sortait très bien sans se fouetter ou se pendre à des crochets.

« Avec des talons », ai-je répondu. Enfin une réponse juste.

« Renée, donne-moi ton numéro pour que je t'appelle quand ton pantalon sera prêt. »

« Tu as perdu ça. »

Je me suis retournée.

« C'est Guido, mon frère. »

Il tenait une photo à la main. Une des photos qui étaient dans mon sac. Elle avait dû tomber quand j'avais pris mon portefeuille. Chien avait eu beau répéter que c'était un cadeau pour s'excuser de la morsure de son affreux clébard, j'avais insisté pour payer ce pantalon que je ne mettrais jamais. Maintenant la photo était entre les mains d'un grand gars au visage sympathique. C'était une photo de la chatte de Chien. Qu'il me tendait côté verso, en souriant.

Je m'étais promis d'acheter une enveloppe pour les ranger, mais j'avais oublié. De même que mon geste sobre et élégant. L'avait-il vue ? Oui, à l'évidence. Et à l'évidence, il a dû croire que c'était moi qui me photographiais pour quelqu'un. Il ne pouvait pas avoir reconnu la chatte de sa sœur d'un simple coup d'œil. Impossible.

Guido était shooté à la coke dès midi. Il transpirait, parlait trop, roulait les mâchoires. Il portait des bracelets colorés et des colliers, dont un agrémenté d'un pendentif noir en pointe de flèche. Le hasard voulait que la flèche indique un tatouage sur sa poitrine, dans l'échancrure de sa chemise ouverte. Un hibou ? Une tête de mort ? Un pistolet ? C'est quoi ce tatouage ? aurais-je dû demander. Détourner l'attention. Et au lieu de ça, rouge comme un steak saignant, j'ai repris la photo qu'il tenait toujours.

« Comment tu t'appelles ?

– Giulia. »

Giulia ? Pourquoi avoir choisi ce prénom ? Je ne m'en souviendrais jamais, c'était le prénom le plus cucu du monde.

« Moi, je l'appelle Renée. N'est-ce pas qu'elle ressemble à l'actrice qui joue Bridget Jones ?

– Bon, j'y vais. Ciao Giulia.

– Ciao Guido. Et parles-en à papa.

– De quoi ?

– Mais je viens de te le dire !

– Ciao Giulia, a-t-il répété en se tournant vers moi et en souriant d'un air entendu.

– *Ce n'est pas moi**[1]* », ai-je murmuré tandis qu'il s'éloignait, sans relever la tête. Il s'est arrêté.
« Qu'est-ce que tu as dit ?
– Rien. »
La chatte que tu as vue. Ce n'est pas la mienne.

De près, Chien était beaucoup moins intéressante que dans mes nuits blanches, au bout du périple de la bulle bleue ou sur les photos de son anatomie. De près, elle n'engendrait guère l'obsession. Elle était peut-être même rigolote, et pas franchement antipathique. Juste un peu à l'ouest.

La sortie de scène que j'avais projetée, où je lui jetais ses photos au visage, avait capoté. Ce n'était pas un super plan, je le reconnais, mais elle ne m'avait pas aidée. Si seulement elle avait montré un peu plus de punch. Si elle avait éprouvé de l'agacement ou de la curiosité pour moi ou pour autre chose que ses téléphones. Il n'y avait pas trace de pathos chez elle. Je ne pouvais pas tout faire toute seule. J'aurais dû secouer le cocotier, m'arranger pour la défier, faire monter la tension. J'avais soif de tragédie, alors que Chien semblait s'ingénier à rendre la situation grotesque.

J'y avais gagné un pantalon moche et trop serré qu'elle avait voulu m'offrir à tout prix, éveillant

1. Les mots en italiques suivis d'un astérisque sont en français dans le texte. (*N.d.T.*)

en moi une tentation de reconnaissance. Et j'avais laissé à son cocaïnomane de frère, Guido, la conviction que j'étais une espèce de maniaque sexuelle. Une nana qui se baladait avec des photos de sa chatte dans son sac. Joli résultat, y avait pas à dire.

Ce soir-là, Vale, je suis venue à pied à notre rendez-vous. Je portais la même robe grise à papillons et mes chaussures rouges à talons. Quand tu m'as vue, tu as sifflé.

« C'est quoi tout ça ?

— Ça ne me va pas ?

— Ça te va à merveille. On ne dirait pas que c'est toi. »

Le serveur, qui chaque soir remportait en cuisine mon assiette intacte, a approuvé lui aussi.

« D'où tu sors ? »

Je t'ai dit que j'étais allée chez le dentiste et que dans ce cas je m'habille toujours bien, parce que si je dois mourir sur son fauteuil ou garder pour toujours la bouche grande ouverte à cause de l'anesthésie, je ne devrais pas avoir honte de ma tenue.

« Je peux m'en sortir, Vale. Je le sens. Je vais mieux.

— Vraiment ?

— Non. Je ne sais pas. En tout cas aujourd'hui, j'ai fait une connerie, mais c'est la dernière, je te le jure.

– Chez le dentiste ?

– Quel dentiste ? Ah, le dentiste. Oui.

– Tu t'es mise à pleurer comme un veau ? Tu lui as piqué deux flacons d'anesthésiant et tu es partie en courant te suicider en paix ? Ça te fait rire ? Alors c'est vrai que tu vas mieux. »

Deux ou trois jours après, j'ai reçu un texto d'un numéro inconnu : tu es très photogénique. Il était signé de Guido, le frère de Chien. Il joignait une photo de moi traversant Campo de' Fiori. Puis un autre message, quelques heures plus tard. Disant que l'ourlet du pantalon était prêt. Signé de Chien.

Tu vois le merdier ?

Pas de panique. Il fallait juste que je retourne à la boutique récupérer le pantalon. Puis je quitterais les lieux et ne la reverrais plus jamais. Chien égarerait mon numéro de téléphone et deviendrait la nana officielle de Davide. Ils vivraient ensemble, auraient des enfants, et je ne le découvrirais que des années plus tard en les croisant par hasard dans les rayons d'Ikea.

Récupérer le pantalon et disparaître. Puis je reprendrais ma vie d'avant. Je travaillerais chez moi tous les jours, je descendrais de temps en temps prendre un café. Je grossirais de quelques kilos, j'aurais une apparence plus rassurante. Un jour peut-être on partirait en vacances à Paris, toi et moi, comme on se l'est promis si souvent.

J'entrerais, je dirais à Chien qu'elle est super chic dans cette chemise. Ou robe ou jupe. Dans tous les cas je la qualifierais de super chic. Je la complimenterais en prenant le sac avec le pantalon. Et ce serait la dernière phrase qu'elle m'entendrait prononcer. Je lui dirais au revoir avec un sourire. Facile à oublier, au-dessus de tout soupçon. Elle n'aurait l'occasion de parler de moi avec personne, surtout pas avec Davide. Point final. Quant à Guido, je bloquerais son numéro de téléphone, pour ne plus rien recevoir de lui.

Si je menais à bien cette opération simple, récupérer le pantalon, tout rentrerait dans l'ordre. Prendre le pantalon, dire au revoir à Chien, bloquer Guido, et on n'en parlerait plus.

C'était une journée ensoleillée et je chantais sur mon scooter. J'avais l'impression d'être un peu heureuse et moins de contractures dans les muscles du cou. Je respirais, il me semblait ne plus entendre de bruit de papier froissé dans mes poumons. Je me suis arrêtée dans une animalerie et j'ai acheté un jouet pour le chien de Chien. Une poule déplumée jaune en caoutchouc, pattes en l'air, à mordiller.

J'ai traversé Campo de' Fiori. Je marchais d'un air dégagé, mais à ce moment-là Guido est sorti d'un bar, sa tasse de café à la main, et il est venu à ma rencontre.

« Giulia !

– Oh, bonjour Guido. Excuse-moi si je ne t'ai pas répondu, mais…

– Tu vas à la boutique de ma sœur ?

– Je dois récupérer le pantalon.

– Elle n'est pas là, elle va arriver. Attends, je l'appelle.

– Non, attends, je préfère prendre mon pantalon et repartir. Je suis un peu pressée. »

Je l'ai laissé en plan pour m'élancer dans la boutique comme une folle furieuse. L'autre vendeuse m'a reconnue et m'a tendu le sac. Je suis sortie en toute hâte. J'avais toujours cette poule stupide à la main. Il ne me restait qu'à donner la poule et m'en aller, et c'était bon. J'allais faire demi-tour quand Guido m'a appelée.

Il était au téléphone au milieu de la place. Il a raccroché et s'est approché.

« Tu viens dîner avec nous ce soir ?

– Tiens, c'est pour Chien. »

Et je lui ai tendu la poule.

« Avec ma sœur et moi.

– Dîner ?

– Oui, c'est elle qui a proposé.

– Je ne sais pas, je devais voir quelqu'un.

– Viens avec lui. C'est ton copain ?

– Quel copain ?

– L'homme avec qui tu viens ce soir.

– Ah, non. C'est un ami.

– Tant mieux. »

Guido est parti sans attendre ma réponse, la poule dans une main, son téléphone dans l'autre. Une minute après m'arrivait un texto : Bonjour Renée. Rendez-vous à neuf heures dans le hall de l'Hôtel de Russie. J'ai l'impression que Guido est un peu amoureux !!!! Avec moult points d'exclamations et smileys.

Que faire ?

Refuser, bien sûr. Mais je n'ai pas réussi, leur proposition m'avait déroutée. Je n'y étais pas préparée, et si j'improvisais, je craignais de faire un impair, une gaffe irréparable. Mais j'ai convaincu Alessandro de m'accompagner. Pourtant, quand je lui ai dit avec qui nous allions dîner, il m'a traitée de folle.

« Mais elle sait qui tu es ?

– Non.

– Tu es sûre ?

– Je te l'ai dit, c'est son frère qui m'a invitée. Ça va, j'irai toute seule.

– C'est un petit jeu pervers.

– C'est un dîner. Je te jure que je ne la reverrai plus jamais. J'avais déjà décidé que je ne la reverrais plus. J'étais allée récupérer le pantalon, sûre que je mettais le point final. Si je n'y vais pas, ce sera pire, elle va avoir des doutes.

– Mais pourquoi tu lui as couru après ?

– Je ne lui ai pas couru après, j'avais besoin d'un pantalon. D'ailleurs, ça remonte à avant que tu me dises que c'était elle.

– Menteuse.

– D'accord, c'était après. Mais il me va super bien.

– OK, alors mets-le. Avec chaussures à talons, maquillage, la totale. Si je viens, je veux te voir gagner haut la main.

– Elle a dix ans de moins que moi.

– Et alors ? Qui est la plus belle, Elaine ou Mrs Robinson ?

– C'est qui Elaine ? »

L'entrée de l'Hôtel de Russie via del Babuino était encadrée par deux chasseurs en haut-de-forme et frac lie-de-vin. Ils souriaient aux clients et ouvraient la portière des taxis qui s'arrêtaient devant l'hôtel. Deux Noirs superbes, élégantis-simes. Des Somaliens peut-être, ces hommes au nez minuscule et aux yeux étirés. Des visages fins sur des corps imposants et sculpturaux. Jambes, bras, épaules, tout était parfait.

Sur une table en verre au milieu du hall, trônait une composition d'orchidées. Des centaines d'or-chidées de plusieurs couleurs, arrangées de façon à ressembler à quelque chose que l'on n'arrivait toutefois pas à reconnaître. Un château, un animal, une ville. Un travail superbe, mais un rien inquiétant. Les objets composés avec d'autres objets sont toujours un peu inquiétants, les maisons en mie de pain, les arbres en forme d'animal et même les nuages, quand ils ressemblent à quelque chose, peuvent être sinistres.

Tout contribuait à en imposer : les deux Noirs à l'entrée, les orchidées et, au fond, une cour avec des tables, prolongée par un jardin étagé sur les pentes du Pincio. Alessandro m'a prise par le bras.

« Pas mal, non ?

– Dingue.

– Tu n'étais jamais venue ?

– Non. »

Chien était assise au bar dans un fauteuil carré blanc, à côté de Guido. Elle portait encore un pantalon moulant, à croire qu'elle voulait cacher quelque cicatrice disgracieuse, pensais-je, mais cette fois avec des Louboutin noires à plateforme et talons vertigineux. Un modèle lacé devant, à mi-chemin entre les bottines d'Helen dans *Miracle en Alabama* et des pompes sadomasos.

Tout ce que mettait Chien me semblait hyper sexy. Mais était-ce le cas ? Son objectif était-il de lancer des signaux au monde, de façon répétée, pour signifier sa disponibilité et sa prédisposition pour des relations violentes et ritualisées ?

Ou s'agissait-il, pour les chaussures comme pour sa façon de se donner en spectacle vautrée dans le fauteuil blanc du bar, d'une projection de ma part ? Alessandro par exemple le remarquait-il ?

« D'après toi, elle aime se faire frapper ?

– Pardon ?

– Rien. Je suis nerveuse.

– Y a de quoi. »

Tandis qu'on s'approchait, Chien parlait au téléphone. Et balançait la jambe ostensiblement. Sa semelle rouge laissait dans l'air un sillage brillant qui me donnait le vertige.

« Renée ! » Elle a éloigné le téléphone de sa bouche pour ne pas se faire entendre. « Comment vas-tu ? Je suis à toi tout de suite. »

Guido s'est levé. Je lui ai présenté Alessandro. Quand Chien a raccroché, elle l'a regardé longuement. Je suis sûre qu'on se connaît, a-t-elle déclaré. C'est possible, a répondu Alessandro, excuse-moi, j'ai une très mauvaise mémoire visuelle. Mais Chien n'en démordait pas et a énuméré toute une liste de bars possibles, puis de lieux de vacances. On est peut-être amis sur Facebook, a-t-elle fini par supposer, mais heureusement à ce moment-là elle s'est aperçue que je portais le pantalon qui venait de chez elle.

« Il te va nickel. Tu es super chic. »

J'ai baissé les yeux sur mes jambes comme une petite fille de six ans, restant trop longtemps dans cette attitude ridicule. Il n'était que huit heures et demie et je ne voyais pas comment j'allais tenir toute la soirée.

« Tu sais à qui tu ressembles ? À cet acteur, le Napolitain.

– Troisi.

– Bravo, Troisi, comment tu as deviné ? »

Alessandro, qui détestait sans doute autant que moi ce petit jeu des ressemblances, a hélé le serveur.

J'avais mis des talons et m'étais maquillée, mais Chien avait fait plus fort sur ces deux terrains. Lèvres écarlates, fard à paupières violet vif et une tonne de rimmel. Un maquillage comme je n'en voyais plus depuis des années, mais qui avait dû revenir à la mode. À moins qu'il s'agisse d'une tentative de le remettre à la mode. J'aime étonner et lancer des tendances, disait un post sur sa page Facebook. Ainsi apprêté son visage était très différent. À sa façon de pencher la tête de côté, j'avais l'impression qu'elle considérait ce masque comme une performance artistique, une prise de position devant la banalité du monde.

Elle portait avec son pantalon deux longs pulls amples superposés, tous deux très transparents. Et rien dessous. Quand elle bougeait elle découvrait tour à tour une épaule, le cou, un sein. Et elle n'arrêtait pas de bouger. Les manches des pulls, l'un blanc et l'autre doré, flottaient et je n'arrivais pas à voir si elle portait encore son bracelet en cuir à pointes. C'était bien le cas. Mais la confirmation ne m'en serait donnée qu'en fin de soirée, aux urgences de l'hôpital.

Nous avons commandé quatre bloody mary, qu'on nous a servis accompagnés d'une profusion de carottes, bâtons de gingembre, tiges de céleri et pailles. Et des incontournables petites verrines qui donnent l'impression d'être au Monopoly. Une armée de hérissons de toutes les couleurs plantés de cure-dents. Olives, biscuits salés, petits choux, parmesan et autres mini toasts mystérieux. Mon pantalon m'obligeait à des positions contre nature, mais heureusement, Chien passait presque tout son temps le nez dans ses téléphones et ne remarquait rien. Pendant un bon moment, elle a essayé de photographier à la dérobée un type assis à quelques tables de la nôtre, persuadée que c'était Jude Law. J'ai tenté de lui expliquer que ce ne pouvait pas être Jude Law parce qu'il parlait italien, mais selon elle ce n'était pas une preuve suffisante.

« Les stars ont le don du mimétisme. Elles y excellent. On dit "elle" même pour un homme ? Pourquoi tu ne vas pas le lui demander ?

– Je vais lui demander si on peut dire elle en parlant de lui ?

– Mais non, tu lui demandes s'il est Jude Law ! Oh là là, Renée, c'était une plaisanterie, pardon.

– Pourrais-tu cesser de m'appeler Renée, s'il te plaît ?

– Pourquoi ?

– Tu veux que j'aille à cette table et que je demande à cet homme, manifestement italien, s'il est Jude Law ?

– D'accord, ce pourrait ne pas être lui, mais si c'est lui, jolie surprise, non ? Je parie que ça t'étonnerait ?

– Oui, ça m'étonnerait parce qu'il ne...

– Tu n'es pas du genre à t'étonner souvent.

– Ça dépend. Dernièrement j'ai eu un certain nombre de surprises.

– Non, je veux dire que tu me sembles être du genre à tout contrôler.

– Ah oui ?

– Tu sembles très rationnelle, voilà.

– Si tu as l'intention de me demander mon signe, évite, je t'en prie.

– De toute façon, je le connais. Il faut que j'aille aux toilettes. Je te sens nerveuse ce soir. Relax. »

Elle a tendu les mains vers moi pour que je l'aide à se lever. Ses mains. Je les connaissais si bien. Entre la paume et le pouce, je sentais ses os fins, ses longs doigts noueux que j'avais vus mille fois posés à l'entrée de sa chatte, dedans, autour. J'aurais voulu les flairer. Elles étaient légères, leurs os semblaient fragiles comme ceux d'un poulet. Elle s'est dégagée aussitôt.

« Ce n'est pas Jude Law. Renée avait raison. On y va ? »

Avec ses chaussures impossibles, Chien avait une démarche de flamant rose mazouté dans la marée noire d'une énième guerre du pétrole. Elle a traversé le hall au bras d'Alessandro, hésitante. À la porte, elle s'est tournée vers nous.

« Bon, assez marché ! »

Elle était très différente de la personne que j'avais vue dans sa boutique. Elle m'avait semblé alors ordinaire, mais sobre. À présent, dans cet hôtel de luxe, elle était encore ordinaire, mais excessive. Elle parlait à voix haute en gesticulant et se retournait pour voir si on la remarquait. J'ai craint que ce soit à cause de moi. J'ai imaginé qu'elle s'emballait parce qu'elle avait découvert qui j'étais. Et qu'elle se tournait soudain vers moi pour me sortir tout à trac : je connais ton signe, je sais qui tu es et aussi ce que tu veux. Alors que moi-même j'avais du mal à savoir ce que je voulais, j'étais persuadée qu'elle détenait la réponse et allait me la crier au visage. Mais c'était la cocaïne, une fois de plus. Quand je ne comprends pas un comportement qui crève les yeux, en général c'est la cocaïne.

On est montés dans une voiture conduite par un des splendides chasseurs, qui avait dû la récupérer au parking. Puis, hélas, le Somalien est descendu, laissant le volant à Guido.

« Dans le quartier de l'EUR ? »
Alessandro m'a regardée d'un air de dire débrouille-toi, tu l'as bien cherché.
« Oui, un peu après, mais pas loin. Tu verras, tu vas aimer. C'est là qu'ils ont tourné la pub pour Nike ou Coca-Cola.
– Je voudrais ne pas rentrer tard.
– Moi non plus, j'ai un rendez-vous après. »
Chien avait un rendez-vous après.
Il est allé chercher des pièces de rechange.
Les je t'aime, c'est de la foutaise.
La voiture s'est ouverte sous mes pieds et j'ai dégringolé au centre de la Terre, j'ai touché le point exact où tout se liquéfie, puis je suis remontée, assise sur mon siège, juste avant que la voiture ne se referme.
Alessandro à côté de moi s'est tourné brusquement.
« Tu disais ?
– Rien. »
J'ai eu toutes les peines du monde à produire un filet de voix, ma mâchoire était contractée comme si j'avais avalé une bouchée de béton.
« Tu as poussé un cri. »

C'était Chien qui s'en mêlait.

« Comme un oiseau.

– Un cri ?

– Tu veux que je conduise moins vite ?

– Oui, c'est ça. »

Même si l'avenue Colombo était déserte, même si Guido conduisait à une vitesse normale, n'avait pas freiné, n'avait même pas pris de virage, tout le monde a semblé prendre ma réponse pour argent comptant. Entre-temps le téléphone d'Alessandro a sonné. Dans le silence qui s'est créé autour de son coup de fil, j'ai repris mon souffle.

Chien avait un rendez-vous après.

Davide aussi les derniers temps avait toujours un rendez-vous après. Il sortait et rentrait très tard. Qu'est-ce que ça veut dire que tu as un rendez-vous après ? Tu ne peux pas remettre à demain ? Maintenant encore, quand on me dit j'ai un rendez-vous après, je deviens folle. Quel besoin as-tu d'un autre rendez-vous ? Un seul ne te suffit pas ? Il faut bourrer ses soirées en intercalant les rendez-vous comme le riz et le poisson dans un sushi ? Ce ne serait pas mieux d'emmener dîner la personne avec qui tu comptes coucher ? Ou au moins prendre l'apéritif ?

Le jour de mon anniversaire, j'ai déjà dû te le raconter, Vale, Davide m'a offert un bouquet de fleurs. Un geste absurde et inédit qu'il n'aurait jamais eu s'il avait pensé à moi comme à la femme avec qui il était resté longtemps, et pas comme à une nana parmi d'autres dont c'était l'anniversaire. Il m'a donné le bouquet et je l'ai remercié. De façon appuyée, comme si c'était le cadeau que j'attendais depuis toujours. Soit je l'agressais avec une férocité bestiale, soit je le traitais avec la déférence que j'aurais manifestée à la reine Élisabeth. Naturel, zéro. Ce jour-là, après avoir parlé de son bouquet comme si c'était un dessin original d'Étienne-Louis Boullée déniché dans une vente aux enchères après des années de recherche, je lui ai demandé si nous pouvions dîner ensemble. Si nous pouvions, tu comprends ? Avouant ainsi tout mon désespoir.

Davide a accepté, mais il n'en avait pas envie. Quant à moi, la dernière chose que je voulais était passer mon anniversaire attablée en face de lui qui se disait encore un peu et je me tire. Mais c'était trop tard, je ne pouvais pas revenir en arrière. Ou plutôt j'aurais pu, mais en réalité j'espérais qu'il vienne à notre rendez-vous avec la tête de Chien dans son sac, qu'il la pose sur la table et me demande pardon. Tiens, voilà ton vrai cadeau. Mais non. On s'est retrouvés dans un restau minable. On a dîné vite fait, puis il est parti. Il avait un rendez-vous après. Je suis restée seule un moment. J'ai pleuré en silence, fumé deux cigarettes. Puis j'ai sauté sur mon scooter et foncé chez Chien. Davide y était, sa moto était garée devant le portail. Je lui ai envoyé un texto : tu me paieras tout le mal que tu m'as fait. C'était la nuit de mes quarante-quatre ans, je l'ai passée à hurler seule à la fenêtre. En me bâillonnant moi-même. Vers quatre heures, j'ai cru que j'allais mourir. Et j'ai survécu, une fois de plus.

« Oui ? »

Le ton d'Alessandro était irrité. Il parlait à mi-voix, s'obligeant à un effort manifeste. Il était assis près de moi, mais je ne l'écoutais pas. Je reprenais mon souffle. Quand il a raccroché, Chien lui a demandé si tout allait bien.

« Une prise de tête, comme d'habitude. Je travaille toujours pour des gens en rogne. Je voudrais être animateur de village de vacances, coucher avec ces dames pendant que le mari joue au mini-golf et me déguiser en Barbapapa pour amuser les enfants. C'est encore loin ?

– On y est presque. Quel boulot tu fais, Troisi ?

– Je suis avocat en droit civil.

– Avocat ? Au secours !

– Pourquoi ? Tu travailles dans quoi, Guido ?

– Laisse tomber, Guido dit ça à cause des tables de sa terrasse. Il a porté plainte contre la munici-palité parce que... Oh zut, c'est trop barbant cette histoire, changeons de sujet. »

Le restaurant était au-delà de l'EUR, sur la route de la mer. Très loin, presque à Lanuvio, au bord d'une route large et moche à forte circulation. Ses grandes baies en fer et en verre appartenaient à ce style industriel qui donne à tous les bâtiments une allure de poissonnerie. Ce qu'il était en l'occurrence : une poissonnerie ou plutôt un luxueux restau d'« huîtres et champagne ». L'enseigne se réduisait à un symbole : ().

« D'après toi, comment ça se prononce ? "Parenthèse ouverte, parenthèse fermée" ?

– D'après moi, "chatte", a répondu Guido, et je crois qu'il avait raison.

– Mais non, c'est une huître !

– Ce qui revient au même.

– Une huître et une chatte, c'est pareil ? »

Chien ne semblait pas convaincue, sans rejeter tout à fait l'idée non plus. À l'entrée, il y avait deux blacks, qui ressemblaient beaucoup à ceux de l'Hôtel de Russie. En sentinelle de chaque côté de la porte, le menton levé. Ils portaient un pantalon gris qui moulait tout et un débardeur au logo de l'établissement : (). Leurs oreilles s'ornaient de minuscules écouteurs aux fils emmêlés. Ils nous ont dévisagés avant de nous adresser un signe imperceptible que nous avons interprété comme un feu vert. Nous sommes entrés en passant entre eux les uns derrière les autres, en les frôlant comme dans une performance de Marina Abramović. En frôlant leurs corps.

« T'aimes les blacks ? a demandé Guido, qui se révélait meilleur observateur que je ne l'aurais supposé. J'ai un ami qui fait la traite des Noirs. Même des femmes jeunes sont demandeuses. J'ai des copines qui font une vraie fixette sur les blacks. Ils sont l'équivalent des nanas russes pour nous. C'est pas pour être raciste, mais d'après moi certaines races savent faire certaines choses et d'autres races d'autres choses. Les blacks aiment encore baiser, en tout cas plus que nous. Et les nanas russes aussi. »

Alessandro, dont Guido cherchait la complicité avec insistance, est resté coi. À la deuxième porte officiait une femme devant un grand cahier posé sur un pupitre au milieu du passage.

« Mes copains, par exemple, parlent tout le temps de cul, de chatte, de baise, puis quand ils y sont, on dirait que ça les fatigue. Tu le crois que moi aussi des fois il faut que je me force ? On est là à transpirer, se démener, aller et venir : et pourquoi ? En cinq minutes, c'est plié. Allez, dix. Et après ? Je pense que dans quelques années, on ne baisera plus. On fera les enfants par piquouse, et on sera tous potes, hommes et femmes. Non ? Ce sera pas mieux ? »

Si Guido m'avait invitée parce que je lui plaisais, il se tirait une balle dans le pied, mais il m'amusait. Son analyse du rapport des hommes contemporains avec le sexe ne faisait pas un pli, et si son exposé était un peu primaire, il rejoignait largement ma propre théorie. Je réfléchissais à l'hypothèse que Guido soit l'homme idéal pour moi, quand il s'est éloigné en direction de la femme au registre.

Pendant ce temps, Chien téléphonait. Captivée par les considérations philosophiques de son frère, je ne m'en étais pas aperçue.

« C'est complet, pas de bol. On va où ? » a annoncé Guido en se retournant vers nous, mais Chien a agité le bras pour nous dire d'attendre. Puis elle s'est éloignée pour continuer sa conversation. Alessandro a allumé une cigarette et j'allais l'imiter. Mais la préposée au registre nous a montré un écriteau et fait signe qu'il fallait sortir pour fumer. Sortir complètement, en repassant entre les deux blacks, jusque sur la route. Alessandro se dirigeait vers la sortie quand, vacillant sur ses talons, Chien nous a rejoints. Elle est allée parlementer avec la nana. Qui ne répondait pas et jouait avec un crayon dont elle nous désignait de temps à autre, parce que nous n'avions pas éteint notre cigarette et n'étions pas sortis non plus. Elle a quand même fini par nous laisser entrer, les uns après les autres, en se fendant même d'un sourire.

« Comment l'as-tu convaincue ?

– Je suis un génie. N'est-ce pas, Renée ? » Elle m'a prise par le bras : « Saloperie de talons. »

Un serveur noir jumeau de ceux de l'entrée nous a accompagnés au bar et nous a proposé des tabourets inconfortables sur lesquels nous percher en attendant qu'une table se libère.

En dépit de la mystérieuse médiation de Chien, toutes les tables étaient vraiment occupées. Des couples, des groupes d'amis mais pas très nombreux, la plupart entre trente et quarante ans. Élégants, riches, membres de professions libérales. Des gens qu'on ne s'attendrait pas à rencontrer dans un établissement près de Lanuvio. On aurait dit une fête privée, entre personnes de connaissance qui se sont donné rendez-vous. Quand on s'est assis, beaucoup de clients se sont retournés pour nous regarder.

Au fond, on distinguait une scène, mais très peu éclairée. Sur un côté de la salle courait une vitrine réfrigérée, au-dessus de laquelle nous étions juchés et d'où montait un fin brouillard. Dans cette vitrine interminable, des bouteilles de Dom Pérignon fichées dans la glace alternaient avec d'énormes plats d'huîtres. Les plus grosses avaient la taille d'une main. Tandis que Guido ravi me montrait ces créatures monstrueuses d'où émanaient à la fois une odeur de mer, un parfum de citron et une brise glacée, je me concentrais pour ne pas vomir.

J'imaginais que tu aurais bien rigolé, Vale, si je te l'avais raconté. Quand je pense au nombre de fois où nous avons lancé en chœur au serveur : nous ne mangeons pas de poisson. Chiche, on ira une fois ensemble, je t'emmènerai au () et on ne boira que du champagne.

Chien avait commandé une assiette et engloutissait ses huîtres les unes après les autres, aspirant la bête et laissant couler le liquide le long de son menton, sur son cou, jusqu'aux deux pulls transparents superposés. Un liquide agrémenté du champagne dont elle arrosait les mollusques avant de les avaler.

Il y avait un grand choix d'huîtres. Elles arrivaient sur les bras de serveurs tous blacks et tous magnifiques. Ils prenaient les commandes sur des iPad, qui transmettaient l'information à leurs collègues de la vitrine réfrigérée. Lesquels disposaient les huîtres dans les assiettes en les choisissant une par une avec des pinces en argent. Une autre escouade de serveurs les portait aux tables. Chaque étape de cette chaîne de distribution prévoyait un uniforme différent. À ce détail près, les serveurs étaient identiques.

La salle était saturée de l'odeur un peu écœurante d'iode et de sexe que dégagent les mollusques. Une forte odeur de boue. L'odeur des cordages restés longtemps enroulés sur les bateaux, des feuilles, des choses enfouies.

Pour ne pas me faire trop remarquer, j'avais commandé des huîtres moi aussi. J'avais choisi les plus petites en croyant qu'elles seraient moins fortes en goût et plus inoffensives. Je les goûterais, et aussitôt après ferais semblant de ne plus avoir faim. Je les remettrais peut-être en douce dans la vitrine réfrigérée, à leur place. J'aurais trouvé dommage qu'elles soient mortes pour rien. Mais le triple cordon de serveurs était vigilant, il ne serait pas facile d'éluder sa surveillance.

J'ai gobé la première huître de ma vie, en me retenant de vomir. L'odeur est restée sur mes doigts, et je l'ai flairée, pensive. Jusqu'au moment où je me suis aperçue qu'Alessandro me regardait et j'ai rougi.

« Je vais me laver les mains. »

Il y avait trois lavabos, côte à côte. Transparents. Ils s'illuminaient quand on glissait les mains sous le robinet pour déclencher le jet. Dix secondes en rouge, puis en bleu, puis en vert. La femme à côté de moi s'attardait devant la vasque, craignant peut-être que ses mains n'aient bleui.

Après moi est entrée Chien, toujours en équilibre précaire sur ses chaussures, irritée par la présence de cette femme qui, après avoir cherché en vain un interrupteur, se remettait du rouge à lèvres d'une main et, de l'autre, s'éclairait dans la glace avec son iPhone. Quand, enfin satisfaite du résultat, elle a quitté les lieux, Chien a sorti de son sac un petit sachet en plastique et déposé de la cocaïne sur ce qui m'avait semblé être des porte-savons, mais n'en était pas, alors même qu'ils étaient placés sur le côté du lavabo et y ressemblaient. Dépourvus de trace de savon, ils se révélèrent en revanche légèrement poudrés de blanc.

« Non merci. »

Les pulls transparents glissaient sans cesse sur Chien comme un frisson. Jusqu'au moment où ils sont tombés sur ses coudes, dénudant son dos. Dans la pénombre, j'apercevais son échine dorsale, arrondie comme une carapace d'animal, noueuse.

Elle est très maigre, ai-je pensé devant son dos. Longue et maigre. La taille et les hanches étroites, les pieds et les mains énormes. Un insecte brindille. Elle a enroulé ses cheveux sur sa nuque pour qu'ils ne lui tombent pas devant le visage. Lisses, bruns, longs. Comme les Barbie des années soixante-dix.

J'avais envie de la toucher, de sentir la consistance de sa peau. Je voulais faire glisser mon index le long de sa colonne vertébrale, lui mettre une main aux fesses. J'ai allongé le bras. J'ai vu mes mains. Elles étaient décharnées. Mes poignets, mes veines. J'étais aussi filiforme qu'elle désormais. Peut-être même plus.

Est-ce que je la haïssais maintenant qu'elle était tout près de moi ? Oui, je la haïssais. Même si elle ne me paraissait pas très différente de moi. Et pas parce que nous étions maigres comme des clous toutes les deux. Chien a dix ans de moins que moi, elle sniffe, fringue vaguement des nanas friquées et se targue peut-être de travailler dans la mode. C'est une idiote pas antipathique, elle habite un quartier de Rome moche et cher et a un chien qui s'appelle Chien. Autant de cibles pour mes sarcasmes. Mais elle se photographie la chatte et Guido croit que c'est la mienne. De toute façon, je m'étais photographiée aussi. Sans compter que c'était moi qui poursuivais Chien, l'étudiais, cherchais le moyen de me venger, tandis qu'elle ne savait même pas qui j'étais.

Alors, qui des deux était meilleure ?

Et surtout : étions-nous si différentes ?

Sais-tu, Vale, quelle était la seule incontestable différence entre Chien et moi ?

Elle n'était pas moi.

Elle était une autre.

Quand on est revenues des toilettes, Alessandro avait conquis une table. Semblable à toutes celles qui l'entouraient : ronde, basse, couverte d'une nappe bordeaux, avec une bougie au milieu et quatre chaises comme dans les bars des gangsters américains.

On s'est assis.

« Où est Guido ? » ai-je demandé. Chien regardait mon collier avec l'insistance typique de la personne qui vient de prendre une ligne de coke.

« J'aime bien tes perles », a-t-elle fini par dire. Articuler cette phrase semblait lui avoir coûté un effort surhumain. « Tu me les fais essayer ? »

Elle a porté les mains à mon cou et me les a presque arrachées. Ses doigts sentaient l'huître et, dans son haleine, des relents de mollusque visqueux se mêlaient à l'odeur d'alcool. J'ai tourné la tête, dégoûtée.

« Ma grand-mère portait des perles. » Elle les lissait sur sa poitrine, en se regardant dans un de ses téléphones. « À partir de quel âge une femme peut en porter d'après toi ?

– Bof, moi j'ai commencé aux alentours des soixante-dix ans. »

Chien a éclaté de rire et mon collier, qu'elle n'avait pas attaché, a glissé de son cou dans ses pulls, entretenant son fou rire. Elle s'est levée en se palpant partout pour essayer de le rattraper, comme si c'était un animal qui courait sur son corps, mais le collier est tombé par terre. On s'est glissées toutes les deux sous la table pour le récupérer.

On le trouverait vite, il était long et ne devait pas se cacher bien loin, mais il faisait sombre là-dessous et à deux on était à l'étroit. On se déplaçait en pivotant comme des crabes. J'ai posé mon genou dessus par hasard et elle a dit : le voilà, en l'éclairant avec la torche d'un de ses téléphones. Elle a tendu la main, mais sans tirer le collier parce que je le bloquais avec ma jambe. Avant de reculer, profitant du fait que dans le noir, placées comme nous l'étions, nous ne pouvions pas nous voir en face, je lui ai craché dessus. Pas craché vraiment, j'ai laissé couler de la salive de ma bouche, un petit filet, qui est tombé sur sa nuque. J'ignore la raison de mon geste, mais ça m'a fait du bien. Elle ne s'en est pas aperçue, pas même quand nous nous sommes enfin extirpées de sous la table et rassises. Quand je la regardais, je voyais ce flocon de salive, une larme, que j'avais craché sur elle et qui peu à peu coulait dans son cou. J'ai roulé mes perles dans ma serviette pour les laver des humeurs de Chien, de sa sale odeur. Soudain Chien a porté les mains à son visage, elle s'est grattée avec un air contrarié et a tendu le cou comme s'il était douloureux et qu'elle voulait l'étirer. J'ai cru qu'elle avait senti mon crachat.

« Tu veux que je te l'attache ? » m'a demandé Alessandro en me voyant batailler avec le fermoir. Et il s'est levé pour venir se placer debout derrière ma chaise.

« Vous êtes beaux comme ça, je peux faire une photo ? » Chien a attrapé un de ses téléphones étalés sur la table. « Ça fait très portrait de famille aristo, avec lévriers et tentures en toile de fond.

– Non, s'il te plaît.

– Pourquoi non ?

– Je n'aime pas qu'on me prenne en photo.

– C'est vrai ?

– Je vais chercher Guido », a annoncé Alessandro en s'éloignant.

Pendant qu'elle parlait, j'aurais voulu lui dire qu'elle avait mon crachat dans le cou et peut-être aussi sur le visage. Et que sa voix était horrible. Tu n'es pas une styliste, tu n'es qu'une couturière minable qui change les boutons de fringues d'occasion, tu ne seras jamais rien si ce n'est la fille cocaïnomane d'un gros richard, sale conne. Tu n'as que quelques années de moins que moi, et elles ne t'avantagent même pas. Et ta chatte n'est pas plus belle que la mienne. Elle est comme toutes les chattes du monde. Et ne t'amuse pas à me photographier ou je te casse la gueule, pauvre débile.

J'avais beaucoup bu, mais uniquement du champagne. Tout me semblait possible. Même mon mépris pour elle me semblait élégant, doré. J'avais adopté la bonne tactique, j'en étais sûre. Entre-temps, Alessandro était revenu.

« Ton frère a sympathisé avec un serveur. Je les ai trouvés en train de photographier leurs montres. Il arrive, m'a-t-il dit. Tous ces gars viennent du Cap-Vert, y compris les deux à l'entrée. »

Le Cap-Vert. Ce doit être une île, ai-je pensé. Ce n'est pas cet endroit où les vieilles paient des petits jeunes pour qu'ils les baisent ? Il y avait un film sur le sujet avec Charlotte Rampling.

Pendant ce temps, des filles costumées étaient montées sur scène. Wonder Woman, Catwoman, la trapéziste, Marie-Antoinette, la panthère. Elles dansaient au son de *YMCA* des Village People, mais personne n'applaudissait. Ce n'était pas folichon comme entrée en matière et Chien s'est levée en soupirant.

« Je vais aux toilettes. »

Elle a laissé ses trois téléphones sur la table. L'un à côté de l'autre, comme des télécommandes. La vue de ces trois appareils sans surveillance m'était insupportable. L'effort pour ne pas tendre la main me faisait transpirer, trembler, j'allais défaillir. Je me suis levée, mais Alessandro a posé une main sur mon bras.

« Regarde. »

J'ai pris une profonde inspiration et tourné les yeux vers la scène où Marie-Antoinette était restée seule. Tandis qu'elle se trémoussait autour d'un poteau placé au centre et faisait voltiger ses longues jupes et ses jupons avec une maestria incroyable, elle mordait de façon plus que suggestive dans une brioche. Elle parvenait à se déshabiller et manger en même temps, de sorte que les miettes ne restaient pas accrochées à ses vêtements mais à son corps qu'entre-temps elle avait dénudé jusqu'à la taille et qu'elle avait dû enduire d'une crème grasse. Elle s'est approchée du public et s'est mise à quatre pattes devant un couple. En tortillant des fesses, elle leur a fait comprendre qu'elle voulait qu'on enlève les miettes de brioche sur ses seins. L'homme s'est levé de sa chaise, mais Marie-Antoinette l'a obligé à se rasseoir en montrant sa compagne. La quarantaine, en minijupe, jambes nues et un bracelet à la cheville, celle-ci s'est approchée et, avec une désinvolture qui a ébahi tout le monde, a léché les miettes dans son décolleté.

Quand elle s'est relevée pour retourner vers son poteau, Marie-Antoinette s'est débarrassée aussi de sa jupe, exhibant une culotte aux couleurs du drapeau français. Les gens ont applaudi, tandis que j'étais incapable de suivre, j'avais la gorge nouée et du mal à respirer. Je me demandais combien de temps je résisterais encore à la tentation de fouiller dans les secrets de Chien étalés devant moi. Et s'ils étaient protégés par un mot de passe ? J'essayais de me souvenir de ses gestes, si j'avais remarqué qu'elle débloquait ses téléphones avant de s'en servir. Il me semblait que non, mais comme ils étaient toujours en activité, peut-être ne s'éteignaient-ils jamais et n'avaient-ils pas besoin d'être débloqués. J'avais peur qu'Alessandro remarque ma fébrilité et je m'efforçais de garder le visage tourné vers la scène. Marie-Antoinette avait une poitrine spectaculaire. Rigoureusement fausse, opulente, ferme, la garniture idéale pour son corset blanc lacé sur le devant. Les faux seins sont l'envers des soutiens-gorge, ils sont fabriqués sur leur moule, pas étonnant qu'ils y logent à la perfection. Immobiles, ils semblent ne même pas effleurer le tissu.

« Ils sont trafiqués, a commenté Alessandro en remarquant mon admiration.

— Et alors ? Le Nutella aussi est trafiqué, pourtant c'est très bon.

— Le Nutella n'est pas trafiqué.

— Bien sûr qu'il est trafiqué. Tu ne crois quand même pas qu'on le fabrique avec des noisettes ?

— Avec quoi d'autre alors ?

— Je ne sais pas, avec du Nutella. »

À ce moment-là, un des trois téléphones a reçu un message. J'ai serré les poings, une décharge d'adrénaline a parcouru mon échine. En essayant de ne pas me faire remarquer, j'ai déplacé ma chaise, tendant le dos puis le cou. J'allais tendre aussi la main pour le rapprocher de façon à lire le nom de l'expéditeur.

« Qu'est-ce que tu fais ? Tu m'espionnes ? »

Chien était revenue et s'était assise pesamment. Elle a lu le message avec indifférence et répondu dans la foulée.

« C'est des faux ? » a-t-elle demandé.

Entre-temps Marie-Antoinette s'était libérée de son corset et tenait ses deux énormes seins siliconés dans ses paumes. Ils étaient dociles comme des chiots de golden retriever. Elle aurait pu leur demander n'importe quoi. Y compris de s'en aller et ils se seraient décrochés sans faire d'histoires pour s'éloigner en ballottant. Quand elle a retiré ses mains, le public s'est levé comme un seul homme. Mais sans plus d'émotion que ça. Les seins en silicone ont un seul vrai défaut : nus, ils ne produisent aucune surprise, comme quand on déballe un cadeau en forme de livre et qu'on trouve un livre. Sous sa culotte aux couleurs françaises qu'elle ôtait en pliant les genoux et en offrant une plus large vue sur ses seins, elle cachait un string. Si petit qu'on ne l'a distingué que lorsqu'elle s'est exhibée dans une fente frontale à quelques centimètres de nos visages. Un minuscule carré d'étoffe couleur chair.

À cet instant Guido est arrivé. Il était à côté de moi, je le sentais frémir sur sa chaise à la vue de cette chatte à peine voilée. Incapable de se retenir, il a tendu la main vers ma cuisse et l'a serrée. Il remontait le long de mon pantalon, me caressait avec insistance. Alessandro ne l'a pas remarqué.

Pour la première fois depuis des mois, j'ai senti le désir brûler entre mes cuisses, je l'ai senti revenir, se jeter sur moi avec l'enthousiasme de quelqu'un qu'on n'a pas vu de longue date.

Tandis que Marie-Antoinette qui brillait comme un calamar sous sa crème à paillettes inclinait la tête pour recevoir les applaudissements, Chien s'est levée d'un bond. Elle a regardé Guido d'un air suppliant et, pliée en deux, a vomi entre les tables.

Nos voisins se sont comportés avec beaucoup de dignité. Un des serveurs du Cap-Vert est accouru avec un seau de sciure. Pendant qu'un deuxième balayait, un troisième est arrivé avec une sorte de grosse balance suspendue à une double chaîne métallique. Un bassin où brûlait de l'encens. Tel un enfant de chœur, il a répandu la fumée odorante dans toute la salle. Ce geste, plus que tout le reste, a ravi les autres clients qui, rassurés, ont aussitôt repris leurs conversations. L'endroit avait été nettoyé, désinfecté, pour ainsi dire béni. Catwoman en combinaison moulante est montée comme une flèche sur la scène.

Tout avait été trop rapide, mené avec trop d'efficacité. Le doute m'a effleuré qu'ils étaient rodés. Qu'il n'était pas si rare que leurs clients vomissent entre les tables.

« Tu te serais pas intoxiquée avec une huître ?

– Les huîtres, y a pas de danger. C'est les moules qui craignent.

– Tu n'y connais rien, tais-toi donc. Je crois que Renée a raison. » Soudain Chien a encore pâli. « Et on fait quoi en cas d'intoxication ? »

Guido a réglé l'addition en vitesse et couru chercher la voiture. Un quart d'heure plus tard, Chien était assise sur une chaise roulante, après avoir vomi au moins quatre fois, dont une en chemin par la vitre de la voiture. Avant qu'un infirmier des urgences de l'hôpital de Lanuvio lui fasse franchir l'accès réservé, elle m'a confié une petite montre. C'est là que je me suis aperçue qu'elle portait toujours son bracelet à pointes. L'infirmier a voulu la rassurer en l'informant qu'elle pourrait mettre ses affaires en lieu sûr après son admission.

« Garde-le quand même. Je me méfie. »

L'hôpital possédait un jardin très bien entretenu, avec des bancs en bois et de grands pots remplis de sable pour éteindre sa cigarette. Il était situé sur une éminence et on voyait la mer en contrebas. Quand Guido a jeté son mégot près d'un parterre de pétunias jaunes, une femme en uniforme est aussitôt venue lui faire la leçon.

« Qu'est-ce qu'elle me veut, celle-là ? J'ai ma frangine qu'est malade, c'est bon ! »

L'employée, une Slave avec un accent à couper au couteau, lui a expliqué que cela ne l'empêchait nullement d'éteindre sa cigarette à l'endroit approprié. D'autant plus que toutes les personnes ici accompagnaient un proche malade, sinon pour quelle raison se baladeraient-elles à une heure du matin dans un jardin d'hôpital ?

« Qu'est-ce qu'elle baragouine ? Hé la Polak, on comprend que dalle, apprends donc à parler comme il faut ! »

J'ai ramassé le mégot écrasé par Guido et je l'ai jeté dans un pot en m'excusant auprès de la femme, qui n'a pas souri. Elle s'est éloignée en secouant la tête. On s'est assis tous les trois sur le banc comme des mères de famille au jardin public.

« Et vous, comment vous vous sentez ? a demandé Alessandro.

– Moi, bien. Mais on est sûr que c'est les huîtres ? Elle fait peut-être une grippe intestinale. Je n'ai jamais entendu parler d'intoxication avec des huîtres.

– Moi aussi, je me sens bien. Enfin, je n'en ai mangé qu'une, ce serait un manque de bol hallucinant. Et toi ?

– Tout va bien. Mais pourquoi tu n'en as mangé qu'une ?

– Parce que les huîtres me révulsent.

– Trop fort ! Et tu n'as rien dit ?

– Que voulais-tu que je dise ?

– Vous savez quoi ? Ça s'arrose ! »

Guido a sorti de la poche intérieure de sa veste une bouteille de Dom Pérignon encore bouchée et fraîche.

« Pour un peu je me chopais une congestion, elle m'écrasait l'estomac. »

Alessandro et moi avons applaudi en essayant de ne pas trop nous faire remarquer. Guido l'a débouchée, et quand on s'est retournés pour vérifier, la surveillante slave était encore là qui hochait la tête en nous regardant.

« Tu veux boire un coup, la Polak ? Non ? Alors dégage ! »

On a fait tourner la bouteille de champagne en silence. La mer s'étalait devant nous et je me sentais bien.

« Combien de temps ils vont la garder à votre avis ?

— Ça dépend. Un jour, j'ai eu une intoxication. Ç'est pas drôle. On te fait un lavage gastrique, puis une perfusion pour te réhydrater. Ça dépend comment elle se sentira. Il se peut même qu'ils la gardent plusieurs jours.

— Qui en veut ? »

Guido a sorti de sa poche un sachet transparent contenant de la cocaïne.

« Méfie-toi, la surveillante t'a à l'œil.

— Et merde, elle se prend pour la brigade des stups ?

– Tu devais peut-être arrêter pour aujourd'hui.

– C'est bien joli, mais comment je vais me coltiner ma sœur à sa sortie si je ne sniffe pas ?

– Alors juste un peu.

– Toi aussi, Ale ? »

Il nous a préparé deux petites lignes sur son portefeuille. On les a sniffées en se regardant dans les yeux comme des ados.

« Guido ! Guido ! »

Se débattant entre les mains de la surveillante qui essayait de la ramener à l'intérieur et de l'asseoir sur sa chaise roulante, Chien était apparue à la porte où nous l'avions laissée et nous appelait. On a accouru tous les trois. Clope au bec, la bouteille de champagne à la main, nous nous sentions vaguement coupables.

« C'étaient les huîtres, je crois bien, mais je n'aurai pas de lavage d'estomac, ça ne servirait à rien. D'après eux, je les ai déjà vomies. »

Elle avait une perfusion au bras qu'elle repoussait comme si c'était une mèche de cheveux qui lui tombait sur les yeux.

« Guido, appelle papa. Ils ne veulent pas me laisser sortir.

– Et je lui dis quoi ?

– Qu'est-ce que j'en sais, dis-lui d'envoyer quelqu'un me chercher.

– Attends, tu n'es pas en taule avec une caution à payer. S'ils te gardent, c'est qu'ils estiment que tu n'es pas encore rétablie.

– Et d'où ils sortent ça ? Je ne leur fais aucune confiance. On est à Lanuvio, tu te rends compte, oui ou non ? Je veux partir. Renée, dis-leur, toi. Donne-moi du champagne. »

Profitant d'un moment de distraction de la surveillante, elle a tété une longue gorgée au goulot. Puis elle nous a regardés et a vomi sur ses Louboutin, sans même se lever du fauteuil roulant.

« Écoute, on est là. Quand tu auras fini de vomir, on t'emmène. Mais dans l'immédiat, tu te calmes, OK ? »

Chien a acquiescé et, à contrecœur, s'est laissé ramener à l'intérieur par la surveillante, qui nous fusillait du regard.

Chien a obtenu de sortir à l'aube. Elle les avait usés. Dans la voiture, elle s'est endormie sur moi. Son maquillage avait bavé et la coulure de rimmel sur sa joue ressemblait à une mouche écrasée. Elle était déchaussée, révélant des ongles de pied vernis en bordeaux foncé, des orteils longs et maigres, jambes abandonnées sur la banquette. Ses pulls avaient glissé, du coup j'avais sous le nez le gros grain de beauté de son ventre. Vu en vrai, il était moins impressionnant, peut-être moins gros aussi. Elle avait un sein à l'air. Un sein menu, blanc au téton rose, bien dessiné. Elle s'est réveillée et a tourné la tête vers la vitre.

« On est où ? Pourquoi tu m'as amenée à Pyramide, tu sais que je déteste cet endroit. »

On s'est posés au bar de la gare d'Ostiense, le seul ouvert à six heures du matin. Devant nous, un mur, de chaque côté les banlieusards qui couraient pour attraper leur train.

Chien avait encore le pansement de la perfusion au creux du coude et le titillait. C'est moi qui tenais son sac, une pochette à bandoulière. À l'intérieur, j'avais déjà vérifié, se trouvaient son rouge à lèvres, les trois téléphones, un sachet de cocaïne et des épingles à cheveux. Plus la petite montre.

Son sac s'était retrouvé entre mes mains par hasard. Il était resté sur le fauteuil roulant. Je l'avais pris sans m'en cacher. J'avais dit à voix haute : ton sac. Elle ne s'était même pas retournée, mais Alessandro m'avait souri. Puis je l'avais porté ostensiblement jusqu'à la voiture, et posé bien en vue à côté de moi. Je voulais qu'il soit bien clair pour tout le monde que c'était moi qui avais récupéré son sac et que je m'en occuperais tant que Chien ne se sentirait pas bien. Je comptais exploiter l'évidence pour détourner l'attention générale. Comme pour la lettre volée dans la nouvelle de Poe. Exposé à la vue de tous, le sac était invisible. Une fois que personne ne s'en soucierait plus, je pourrais aisément l'embarquer.

« Je veux un ACE.

– Je pense que tu ne devrais pas boire de jus d'ananas après avoir vomi toute la nuit.

– Mais l'ACE n'est pas du jus d'ananas. Si, c'est de l'ananas ? a demandé Chien en s'adressant à moi et, en se retournant, elle m'a pris son sac des mains. Le A veut dire ananas, c'est un sigle ?

– Je ne sais pas, je ne crois pas. Je pense que c'est un acronyme pour les vitamines.

– Évidemment, ce sont les vitamines. Rien à voir avec l'ananas, t'es nul. Un acronyme ?

– Les enfants, moi j'irais bien me coucher.

– Non, Alessandro, attends. Prends un café et après on s'en va tous.

– S'il prend un café, ça l'empêchera de dormir. Prends un jus de fruits toi aussi. Allez, jus de fruits pour tout le monde ! »

J'ai dû la fusiller du regard. Un jus de fruits ? Pour moi ? Qui chaque fois que je voyais une de ces petites bouteilles en verre aux formes étranges, chaque fois que j'entendais le mot cassis, risquais de défaillir. Par sa faute, en plus.

« Je suis allergique.

– Aux jus de fruits ?

– Ce n'est pas une allergie à proprement parler. Mais je ne peux pas en boire.

– C'est une intolérance ? Moi aussi, je suis intolérante. À quoi je suis intolérante, Guido, tu te souviens ? Ce truc qu'il y a dans le lait. Oups, j'ai encore envie de vomir...

– Le lactose ? »

Je l'ai dit à voix haute dans l'espoir que ça la fasse vomir pour de bon. Désormais tout chez elle m'indisposait. Ses chaussures posées sur la chaise, son maquillage en déroute, sa façon d'interrompre ses phrases à moitié, comme si elle pensait à ce qu'elle allait dire, alors qu'elle était simplement distraite.

« Alors ? Tournée générale de jus de fruits ?

– Pas pour moi, je viens de le dire. »

Alessandro m'a offert une cigarette.

« La première d'aujourd'hui ou la dernière d'hier ?

– C'est vrai ! Et moi qui ne fume pas le matin !

– Ne la prends pas.

– Mais maintenant vous m'en avez donné envie. Ça veut dire qu'on n'est pas le matin, point barre. Tant qu'on ne dort pas, la journée n'est pas finie.

– Une fois, je suis resté réveillé trois jours de suite. J'avais sniffé à mort. Sous coke, les jours ne sont plus pareils. L'histoire des vingt-quatre heures, on laisse tomber.

– Donc on est quel jour aujourd'hui ?

– Le premier jour de notre vie sans huîtres.

188

« – Non, Renée, pas ça, je vais revomir.

– Bon, j'y vais. Dans deux heures, il faut que je sois au cabinet.

– Je viens avec toi. »

Alessandro et moi nous sommes levés. On en avait fini. Ça se terminait là et c'était bien, mais à cet instant un des téléphones de Chien a sonné. Elle a regardé l'écran et s'est écriée avec ce ton vulgaire qu'elle pouvait prendre et d'une voix trop forte, peut-être parce qu'elle était encore sous l'emprise d'un médicament ou simplement parce qu'elle est nulle : « Davide, tu fais chier toi aussi ! » Et sans répondre, elle a jeté le téléphone sur la table.

Vale, je ne sais pas t'expliquer ce qui m'a pris exactement. J'ai entendu le nom de Davide sortir de cette bouche, prononcée par cette voix déplaisante, devant des inconnus qui se marraient. Tout me dégoûtait, tout ce qui s'était passé dans ma vie au cours de l'année écoulée me dégoûtait et cette femme inutile était responsable d'une bonne partie de ce gâchis.

Non, Vale : Chien n'est pas comme moi. C'est une conne, une nana qui n'a rien dans le crâne. Et moi j'étais là, devant elle. J'avais pris de la coke, je me sentais bien. Je me suis immobilisée. Je me suis retournée. Je l'ai regardée. Je ne crois pas qu'Alessandro ait remarqué ce qui allait se passer. Il est sorti. Le mur du bar était aveugle et de dehors on ne voyait pas l'intérieur. Du moins je crois que ça s'est passé ainsi. Mais un autre cas de figure est possible : il a tout vu et m'a laissée faire.

Chien m'a regardée comme si elle pensait que j'avais oublié quelque chose. Le téléphone était sur la table, il sonnait et vibrait, on aurait dit un insecte torturé dans l'indifférence générale. L'écran affichait une photo de Davide et son nom. Je me suis approchée, je l'ai pris et balancé contre le mur. Puis j'ai poussé Chien en bas de sa chaise. Je l'ai plaquée dos au sol, en la bloquant avec mes genoux. Je la bâillonnais d'une main, parce que je ne voulais plus entendre cette voix. Tout est allé très vite. Elle m'a mordu la main et j'ai lâché prise. Mais dans la seconde suivante, je lui ai décoché un coup de poing en plein visage. Sa tête a tapé par terre en résonnant et je lui ai cassé le nez. Son visage était en sang et elle ne disait rien. Guido s'est levé de sa chaise, mais il était figé, comme en état de choc.

Je me suis reculée. J'avais mal à la main droite, celle qui avait frappé. Chien s'est relevée et s'est enfuie pieds nus vers la rue, où aurait dû se trouver Alessandro. Lequel n'y était pas. Après il m'a dit qu'il téléphonait et n'avait rien vu. Mais je ne n'y crois pas. À mon avis, il était de l'autre côté de la rue, fumant sa clope et savourant le spectacle. C'est ce que j'aurais fait.

Chien a quitté le bar, suivie par tous les regards. Avec son visage ensanglanté, elle était devenue une autre. Elle n'était plus une femme sexy qui portait des vêtements de marque et dont la coiffure recherchée cachait ses oreilles en feuilles de chou. C'était une clocharde, une camée qui pouvait avoir volé de l'argent à quelqu'un, à moi par exemple, qui l'avais punie. Mon coup de poing l'avait exclue de la catégorie des personnes respectables. Personne ne l'aidait, ne s'approchait. Les gens avaient peut-être peur, mais surtout ils la méprisaient. À l'aube, dans un endroit fréquenté par des loques, Chien était devenue une loque. Et moi qui la poursuivais et essayais de l'attraper et de lui faire tout le mal que je pouvais, j'étais passée du côté de la raison. Pour la première fois depuis un an, c'est moi qui avais raison. Je l'avais envoyée au tapis, je l'avais défigurée. C'est ce que j'aurais dû faire depuis le début : l'arracher de là où elle était. Et où je l'avais mise moi-même.

En tout cas je n'arrivais plus à m'arrêter. Je me sentais forte et libre comme une enfant. Je sentais mes jambes, mes bras, mes mains, et même ma chatte. Mon corps répondait présent à nouveau, dopé par l'adrénaline qui me faisait rire de bonheur. Et j'ai couru derrière elle. Moi qui, comme tu le sais, Vale, suis incapable de courir, qui préfère rater le train plutôt que courir dans un lieu public, je me suis élancée à ses trousses et je l'ai arrêtée. Je lui ai chopé un bras et l'ai tordu dans son dos pour l'immobiliser. Elle criait, je lui faisais mal, et, loin de lâcher, je tirais de plus en plus fort.

Puis quelqu'un est intervenu, c'était Guido. Il nous a séparées, mais j'ai eu le temps de forcer encore un peu plus. Quelque chose dans son corps s'est démis entre mes mains et Chien s'est affalée par terre, évanouie de douleur. Tout le monde s'est penché sur elle, y compris Guido. Qui m'a lâchée. Alors je me suis enfuie. En courant.

J'ai couru jusqu'à la maison. Je suis entrée, j'étais à bout de souffle, j'ai ouvert la fenêtre. Celle d'où l'on voit la pointe de la Pyramide et la mer au fond. J'ai empoigné mon ordinateur à deux mains et je l'ai balancé dans la rue. Puis je me suis penchée et je l'ai vu par terre, explosé. J'ai éclaté de rire. Et dans mon fou rire, je pensais : je ne pleurerai plus, je ne veux plus jamais pleurer.

Voilà toute l'histoire, Vale. Six mois environ ont passé. Chien n'a pas porté plainte. Davide m'a appelée deux ou trois fois, mais je n'ai pas répondu. Puis il a arrêté et je n'en ai plus entendu parler. J'ai recommencé à manger, assez pour ne plus entrer dans le pantalon que m'avait offert Chien. Ce jour-là, j'ai pris un récipient métallique, une chemise en jean de Davide qui était restée chez moi et portait encore l'étiquette du magasin de Campo de' Fiori, une bouteille d'alcool, le fameux pantalon et je suis montée sur la terrasse de l'immeuble. J'ai tout brûlé.

Le corps fait le tri. Il tombe malade, vous lâche en pleine rue, vous prive de connaissance. Mais parfois, à votre insu, il vous emmène très loin, en sécurité.

Ces derniers mois, j'ai couché avec beaucoup d'hommes. Certains beaux, d'autres moches. Si moches que tu as fini par t'en amuser. Tu me demandais ce que je leur trouvais. J'ai essayé de t'expliquer, en vain. Parfois c'était pour ce qu'ils disaient, parfois c'était pour leur silence. L'un m'a plu parce qu'on marchait du même pas dans la rue, un autre parce qu'il m'a dit non, on ne va pas là, leur café est infect. J'aimais les cheveux de l'un et le ventre d'un autre. Tu n'en croyais pas tes yeux, tu ne me reconnaissais pas et ça te réjouissait. Tu me disais : non, pas celui-là ! Mais tu étais ravie, je le savais.

Puis il y a eu quelques femmes, et des femmes en même temps que les hommes. Après je te racontais. Je te racontais tout. Les femmes embrassent divinement, et leurs petites mains savent faire ce qu'il faut. Comment peux-tu tout désirer, me demandais-tu en riant.

Je ne sais pas, Vale. Ce n'était pas le cas avant. Avant tout ce pataquès avec Davide. Ni même quand j'étais plus jeune. Maintenant, ils me plaisent tous. Peut-être parce que je vieillis et que le temps raccourcit. J'ai pitié des corps. J'ai une grande pitié et un grand respect des corps. Quels que soient leur forme et le chemin qu'ils ont parcouru. Usés ou bien alertes et joyeux, tous les corps, le mien compris, m'inspirent une grande tendresse.

Certains trouvent leur salut dans la prière, d'autres dans les médicaments ou l'analyse. Chacun est dévot à son saint. Moi je suis dévote à mon corps, qui m'a sauvé la mise. Et à celui d'autrui.

Tout le reste, émois et amours, je voudrais ne plus avoir à m'en occuper. Je voudrais éviter cette familiarité maladroite que nous nous échinons à créer avec les gens nouveaux, en racontant les hauts et les bas de notre existence, nos bonheurs d'enfant, ce qui reste de nos rêves. Je n'aime plus l'intimité qu'on se refile comme une allumette, de plus en plus vite pour qu'elle ne nous reste pas entre les doigts. Les gestes quotidiens immuables, plus insipides à chaque relation, me dépriment. J'ai essayé, ce n'est pas pour moi.

P. S.
Je sais que tu te poses la question, Vale, et la réponse est oui, j'ai couché avec Guido. Une seule fois. Mais ne t'inquiète pas, il n'a rien raconté à sa sœur.

Ce n'était pas par esprit de revanche, mais parce qu'il me plaisait.

Il m'a dit que depuis elle avait le nez un peu tordu.

Quel dommage.

la cosmopolite
Collection créée par André Bay

(Extrait du catalogue)

Kôbô ABÉ — *La femme des sables*
La face d'un autre
L'homme-boîte

Vassilis ALEXAKIS — *Talgo*

Jorge AMADO — *Tieta d'Agreste*
La bataille du Petit Trianon
Le vieux marin
Dona Flor et ses deux maris
Cacao
Les deux morts de Quinquin-La-Flotte
Tereza Batista
Gabriela, girofle et cannelle
La découverte de l'Amérique par les Turcs
La boutique aux miracles

Maria Àngels ANGLADA — *Le violon d'Auschwitz*
Le cahier d'Aram

Reinaldo ARENAS — *L'assaut*

Sawako ARIYOSHI — *Kaé ou les deux rivales*
Les années du crépuscule

James BALDWIN — *Si Beale Street pouvait parler*
Harlem Quartet

Jo BAKER — *Une saison à Longbourn*

Elena BALZAMO (sous la dir. de) — *Masterclass et autres nouvelles suédoises*

Herman BANG — *Tine*
Maison blanche. Maison grise

Julian BARNES — *Le perroquet de Flaubert*
Le soleil en face

Jon BAUER — *Des cailloux dans le ventre*

Mario BELLATIN — *Salon de beauté*

Karen BLIXEN — *Sept contes gothiques*

Britta BÖHLER — *La décision*
Ivan BOUNINE — *Le monsieur de San Francisco*
André BRINK — *Un turbulent silence*
Une saison blanche et sèche
Les droits du désir
Louis BROMFIELD — *La mousson*
Ron BUTLIN — *Appartenance*
Karel ČAPEK — *La vie et l'œuvre du compositeur Foltyn*
Dulce Maria CARDOSO — *Le retour*
Raymond CARVER — *Les vitamines du bonheur* suivi de *Tais-toi, je t'en prie* et *Parlez-moi d'amour*
Gabriele D'ANNUNZIO — *Terre vierge*
Robyn DAVIDSON — *Tracks*
Kathryn DAVIS — *À la lisière du monde*
Aux enfers
Federico DE ROBERTO — *Les princes de Francalanza*
Lyubko DERESH — *Culte*
Anita DESAI — *Un héritage exorbitant*
Karim DIMECHKIE — *Comme un Américain*
Tove DITLEVSEN — *Printemps précoce*
Carmen DOMINGO — *Secrets d'alcôve*
Emma DONOGHUE — *Room*
Égarés
Frog Music
Jennifer EGAN — *Qu'avons-nous fait de nos rêves ?*
Le donjon
Monika FAGERHOLM — *La fille américaine*
La scène à paillettes
Lygia FAGUNDES TELLES — *Les pensionnaires*
Kjartan FLØGSTAD — *Grand Manila*
Des hommes ordinaires
Tomomi FUJIWARA — *Le conducteur de métro*
Claire FULLER — *Les jours infinis*
Horst Wolframm GEISZLER — *Cher Augustin*
Alberto GERCHUNOFF — *Les gauchos juifs*
Margherita GIACOBINO — *Toutes nos mères*
Witold GOMBROWICZ — *Les envoûtés*

	Kronos
Robert GRAVES	*King Jesus*
Wendy GUERRA	*Tout le monde s'en va*
	Mère Cuba
	Poser nue à La Havane
	Negra
Farjallah HAÏK	*L'envers de Caïn*
	Joumana
Samantha HARVEY	*La mémoire égarée*
	La vérité sur William
Alfred HAYES	*In Love*
Mark HELPRIN	*Conte d'hiver*
Hermann HESSE	*Demian*
NICK HORNBY	*Funny Girl*
E.T.A. HOFFMANN	*Les élixirs du diable*
Yasushi INOUÉ	*Le fusil de chasse et autres récits*, édition intégrale des nouvelles de l'auteur publiées dans La Cosmopolite
	Histoire de ma mère
	Les dimanches de Monsieur Ushioda
	Paroi de glace
	Au bord du lac
	Le faussaire
	Combat de taureaux
	Le Maître de thé
	Pluie d'orage
J. W. IRONMONGER	*Le génie des coïncidences*
	Sans oublier la baleine
Jens Peter JACOBSEN	*Niels Lyhne*
Henry JAMES	*L'autel des morts* suivi de *Dans la cage*
	Le regard aux aguets
Tania JAMES	*L'atlas des inconnus*
Eyvind JOHNSON	*Le roman d'Olof*
Ismaïl KADARÉ	*La ville sans enseignes*
Yoram KANIUK	*Adam ressuscité*
	Confessions d'un bon Arabe

Jack KEROUAC	*Maggie Cassidy*
Ken KESEY	*Vol au-dessus d'un nid de coucou*
Rachel KUSHNER	*Les lance-flammes*
Pär LAGERKVIST	*Le nain*
	Le bourreau
	Barabbas
Selma LAGERLÖF	*L'anneau du pêcheur*
	Jérusalem en terre sainte
	L'empereur du Portugal
Eduardo LAGO	*Appelle-moi Brooklyn*
	Voleur de cartes
Timothy S. LANE	*Devenir une légende*
D.H. LAWRENCE	*Île mon île*
Sinclair LEWIS	*Babbitt*
Davide LONGO	*L'homme vertical*
Amy Grace LOYD	*Le bruit des autres*
LUXUN	*Le journal d'un fou*
Thomas MANN	*Tonio Kröger*
	La mort à Venise
Katherine MANSFIELD	*Nouvelles*
	Lettres
	Cahier de notes
Trude MARSTEIN	*Faire le bien*
Ronit MATALON	*Le bruit de nos pas*
Predrag MATVEJEVITCH	*Entre asile et exil*
Carson McCULLERS	*Le cœur est un chasseur solitaire* suivi de *Écrivains, écriture et autres propos*
	Le cœur hypothéqué
	Frankie Addams
	La ballade du café triste
	L'horloge sans aiguilles
	Reflets dans un œil d'or
Gustav MEYRINK	*Le Golem*
Henry MILLER	*Tropique du Capricorne*
	Un dimanche après la guerre
	Entretiens de Paris
	Virage à 80
	Tropique du Cancer suivi de *Tropique du Capricorne*

Henry MILLER / Anaïs NIN	*Correspondance passionnée*
Wu MING-YI	*L'homme aux yeux à facettes*
Antonio MONDA	*Le goût amer de la justice*
Vladimir NABOKOV	*Don Quichotte*
	Austen, Dickens, Flaubert, Stevenson
	Proust, Kafka, Joyce
	Gogol, Tourgueniev, Dostoïevski
	Tolstoï, Tchekhov, Gorki
Ramita NAVAI	*Vivre et mentir à Téhéran*
William NAVARRETE	*La danse des millions*
	En fugue
Nigel NICOLSON	*Portrait d'un mariage*
Anaïs NIN	*Les miroirs dans le jardin*
	Les chambres du cœur
	Une espionne dans la maison de l'amour
	Henry et June
	Journaux de jeunesse (1914-1931)
Joyce Carol OATES	*Eux*
	Bellefleur
	Blonde
	Confessions d'un gang de filles
	Nous étions les Mulvaney
	La Fille tatouée
	La légende de Bloodsmoor
	Zombi
	Les mystères de Winterthurn
	Marya, une vie
	Corky
Kenzaburo OÉ	*Une affaire personnelle*
Sofi OKSANEN	*Purge*
	Les vaches de Staline
	Quand les colombes disparurent
	Baby Jane
	Norma
OLIVIA	*Olivia par Olivia*
O. HENRY	*New York tic-tac*

Robert PENN WARREN   *La grande forêt*
Jia PINGWA   *La capitale déchue*
Kevin POWERS   *Yellow birds*
                            Lettre écrite pendant une
                               accalmie dans les combats
Ruth PRAWER JHABVALA   *La vie comme à Delhi*
Lucía PUENZO   *L'enfant poisson*
                            La malédiction de Jacinta
                            La fureur de la langouste
                            Wakolda
Midge RAYMOND   *Mon dernier continent*
Virginia REEVES   *Un travail comme un autre*
Erich Maria REMARQUE   *À l'ouest rien de nouveau*
                            Cette terre promise
Thomas ROSENBOOM   *Le danseur de tango*
Vita SACKVILLE-WEST /
  Virginia WOOLF   *Correspondance*
Moshe SAKAL   *Yolanda*
Rebecca SCHERM   *Le passé aux trousses*
Arthur SCHNITZLER   *Madame Béate et son fils*
                            La ronde
                            Mademoiselle Else
                            La pénombre des âmes
                            Vienne au crépuscule
                            Mourir
                            L'étrangère
James SCUDAMORE   *La clinique de l'amnésie*
                            Le dédale du passé
Mihail SEBASTIAN   *Journal (1935-1944)*
Kamila SHAMSIE   *Là où commencent*
                               et s'achèvent les voyages
Isaac Bashevis SINGER   *Le magicien de Lublin*
                            Shosha
                            Le blasphémateur
                            Yentl et autres nouvelles
                            L'esclave
                            Le beau monsieur de Cracovie
                            Un jeune homme à la recherche
                               de l'amour
                            Le manoir

Le domaine
*La couronne de plumes
et autres nouvelles*
*Les aventures d'un idéaliste
et autres nouvelles inédites*
La famille Moskat
Ersi SOTIROPOULOS   *Eva*
Ce qui reste de la nuit
Muriel SPARK   *Le pisseur de copie*
Saša STANIŠIĆ   *Le soldat et le gramophone*
Le soldat et le gramophone
(théâtre)
Avant la fête
Sara STRIDSBERG   *La faculté des rêves*
*Valerie Jean Solanas va devenir
Présidente de l'Amérique*
(théâtre)
Darling River
Junichiro TANIZAKI   *Deux amours cruelles*
Bilal TANWEER   *Le monde n'a pas de fin*
Rupert THOMSON   *L'église de Monsieur Eiffel*
Carl Frode TILLER   *Encerclement*
Léon TOLSTOÏ   *La mort d'Ivan Ilitch* suivi de
Maître et serviteur
Ivan TOURGUENIEV   *L'abandonnée*
Dimitri Roudine
*L'exécution de Troppmann
et autres récits*
B. TRAVEN   *Le visiteur du soir*
Magdalena TULLI   *Le défaut*
Anne TYLER   *Toujours partir*
Le voyageur malgré lui
Le déjeuner de la nostalgie
Le compas de Noé
À la recherche de Caleb
Leçons de conduite
Une autre femme
En suivant les étoiles
Les adieux pour Débutant

Fred UHLMAN — *La lettre de Conrad*
Il fait beau à Paris aujourd'hui
Sigrid UNDSET — *Olav Audunssøn*
Kristin Lavransdatter
Vigdis la farouche
Printemps
Birgit VANDERBEKE — *Le dîner de moules*
Mariapia VELADIANO — *La vie à côté*
Ernst Emil WIECHERT — *La servante du passeur*
Oscar WILDE — *Intentions*
De profundis
Nouvelles fantastiques
Le procès d'Oscar Wilde
Christa WOLF — *Scènes d'été*
Incident
Trois histoires invraisemblables
Cassandre
Médée
Aucun lieu. Nulle part
Trame d'enfance
Le ciel divisé
Virginia WOOLF — *La chambre de Jacob*
Au phare
Journal d'adolescence
Journal intégral (1915-1941)
Instants de vie
Orlando
Kikou YAMATA — *Masako*
La dame de beauté
Samar YAZBEK — *Les portes du néant*
A YI — *Le jeu du chat et de la souris*
Stefan ZWEIG — *Nietzsche*
Vingt-quatre heures de la vie d'une femme
Le joueur d'échecs
La confusion des sentiments
Amok
Lettre d'une inconnue

*Cet ouvrage a été composé
par PCA à Rezé (Loire-Atlantique)
et achevé d'imprimer en France
par CPI Bussière
à Saint-Amand-Montrond (Cher)
pour le compte des Éditions Stock
21, rue du Montparnasse, 75006 Paris
en avril 2017*

Imprimé en France

Dépôt légal : mai 2017
N° d'édition : 01 – N° d'impression : 2029371
79-08-4086/7